# La
# última
# vez

Guillermo
Martínez

# La última vez

Guillermo Martínez

Ediciones Destino
Colección Áncora y Delfín
Volumen 1579

© Editorial Planeta, S. A., 2022
Ediciones Destino, un sello editorial de Editorial Planeta, S. A.
Avda. Diagonal, 662-664, 08034 Barcelona (España)
www.planetadelibros.com
www.edestino.es

Primera edición: junio de 2022
ISBN: 978-84-233-6170-0
Depósito legal: B. 7.487-2022
Composición: Realización Planeta
Impresión y encuadernación: Black Print CPI
*Printed in Spain* - Impreso en España

*Para Brenda*

# Uno

Si bien esta historia ocurrió hace mucho —lo suficiente en todo caso para que los dos protagonistas ya estén muertos—, sus sombras augustas son aún más imponentes ahora que cuando andaban por el mundo, y buena parte de la paradoja y la tragicomedia de los hechos se perdería si revelara ahora mismo sus nombres. Me resignaré entonces a una única letra para quien fue en vida, y sobre todo desde su reclusión en Barcelona, el escritor argentino más abrumadoramente famoso. Esa letra no podría ser otra que la A muy mayúscula y ni él, que era tan consciente como celoso de las jerarquías literarias, ni sus fieles lectores, que solo aumentan en número y «previo fervor» con cada aniversario, me dejarían usar ninguna otra. Pero entonces, ¿qué letra asignar a la no menos gloriosa agente literaria que lo cobijó en Barcelona, la mujer extraordinaria, espléndida en derroches y desplantes que dio vuelta a su antojo la escena literaria española, la gran *donna* adorada más que cualquier amante por los escritores y a quien los editores llamaban en voz baja, con simétrico despecho, la «tirana de las letras hispánicas»? Ya que no podría, sin que clamara desde su tumba, darle nada por debajo en el abecedario, la llamaré Núria Monclús, que fue el nombre relumbrante de acentos que eligió para ella José Donoso en su novela *El jardín de al lado*, y espero que en cualquier cielo que le haya tocado la tan querida como temida guardiana de los escritores —a quien le gustaban los *romans à clef*— apruebe este disfraz transparente para hablar en su nombre.

Nos queda un tercer personaje, que era mucho más joven y que a su manera fue también una leyenda, pero más secreta y olvidada. Aunque sé que todavía está vivo, porque logré no hace tanto dar con él y entrevistarlo para completar la historia, creo que puedo usar sin riesgo de demandas su primer seudónimo literario, Merton, que era por otra parte su única huella personal al pie de sus notas, su firma intrigante.

Merton se había convertido muy pronto, con apenas veintiséis años, en un crítico literario fulgurante, sobresaliente, único en su especie. Cuando se publicaron sus primeras reseñas, algo así como un escalofrío de estupor recorrió todas las redacciones y los suplementos culturales: había aparecido alguien dispuesto a decir la *verdad*. Si fuera cierto que nadie puede sobrevivir más de diez días en el mundo civilizado diciendo siempre la pura y cruda verdad, esto parecía aún más peligroso en nuestro ferozmente darwiniano mundillo literario de principios de los noventa. Pero atención: no debería entenderse que Merton se ensañaba con los libros, al modo de la crítica sicaria que también campeaba en esa época, ni mucho menos que repitiera las otras poses siempre a medias desdeñosas y a medias cobardes del *establishment* cultural: el estreñimiento de elogios, la imposibilidad del asombro, la ironía burlona hacia el recién llegado, la reverencia temerosa con las vacas sagradas. Lo extraordinario en Merton era que siempre decía la verdad íntegra, la verdad imperturbable, sin importar el signo que tuviera, como si fuera un juez absorto en cada libro que debiera emitir la sentencia final de vida o muerte, y se mantuviera ajeno a cualquier otra cosa que no fuera la íntima voz de la defensa que emergía desde las páginas.

Por supuesto al principio sus piezas, descarnadas, agudas, indudables, causaron conmoción y verdadero terror entre los autores. Todos se preguntaban entre sí, en las cenas de los grandes premios literarios, en los círculos tintineantes de los cócteles y en las fumatas todavía más confidenciales de las ruedas de marihuana, quién era, y sobre todo amigo de quiénes era, este misterioso Merton. Se contaban dos historias, y ambas parecían fabulosas. En una de ellas Merton era el hijo de un perseguido político y había vivido encerrado en el sótano de una librería clandestina durante su adolescencia bajo la dictadura militar. Tal como el enigmático Dr. B de *Una partida de ajedrez*, había estado condenado a leer en esa noche tapiada de siete años todos los libros de todas las estanterías como la única distracción que admitía el silencio obligatorio. A esto se debería su erudición abrumadora, aparentemente todoterreno. En la segunda historia, casi opuesta, Merton todavía era hijo de un perseguido político, pero había vivido en el exilio en alguna capital de Europa, había jugado al tenis pasablemente en torneos juveniles y después, convertido en instructor, se había pagado los estudios en una universidad británica. Sus garras críticas las había afilado durante una tesis monumental sobre literatura latinoamericana y un trabajo heterodoxo de colaboración con un lógico matemático en la tarea titánica de clasificar las dicotomías del discurso crítico. Esta exposición a los rigores de la matemática explicaría la lucidez y exactitud cartesiana de sus reseñas, la impresión de teorema sumario que dejaban.

Curiosamente, tal como se pudo reconstruir después, había bastante de cierto en las dos historias, si se atenuaban las exageraciones para dar paso a la siempre más prosaica realidad. El padre de Merton realmente había sido un preso político y su madre, que era bibliotecaria, se había refugiado en una ciudad del sur que tenía, imprevistamente, una de las bibliotecas más grandes del país. Había debido cambiar su apellido y también el de su hijo, pero temerosa de que aun así los encontraran, fraguó un certificado médico para que eximieran a Merton de ir al colegio y lo sentaba cada día en la sala de lectura universal donde le dio, desde la infancia a la adolescencia, casi la educación por anaqueles y orden alfabético del Autodidacto de Sartre.

Cerca de los quince años, Merton se había rebelado a esta otra dictadura secreta de los libros y había empezado a trabajar en el cuidado de las canchas de tenis de un club universitario. Con la misma concentración silenciosa y absorta con que había leído por años durante seis horas diarias, empezó a practicar contra el frontón con la raqueta usada que le regaló uno de los socios. Alguien le vio condiciones. Alguien más le consiguió una beca para que tomara lecciones con el profesor del club. Merton despegó, aunque a una edad algo tardía, como un júnior prometedor; de a poco sus viajes a torneos lo fueron alejando más y más de la ciudad de su infancia y llegó incluso a jugar durante un año en el circuito europeo. Pero al cumplir los dieciocho, la edad en que debía preguntarse por una carrera universitaria, y quizá a medias extinguida su rebelión juvenil en la áspera competencia de las canchas, decidió volver al redil de los libros y pasar otros cinco años bajo las «lámparas estudiosas» de otras bibliotecas.

A partir de aquí las historias se unían. Era verdad que se había graduado en una universidad británica y que había colaborado con el famoso lógico Adam MacDouglas en una clasificación exhaustiva de dicotomías en la crítica literaria. Era también verdad que había pagado sus estudios con un trabajo de instructor de tenis, como un Theophilus North de acento sudamericano. Más aún, al regresar a la Argentina, en vez de postular para una beca de investigación en el campo literario, buscó en los primeros tiempos un trabajo similar como entrenador en los clubes de Buenos Aires, hasta que empezó a publicar sus primeras reseñas. Por supuesto nada de esto se sabía entonces. Y cuando los escritores, todavía sacudidos por esas piezas de sinceridad brutal, se preguntaban entre sí cuál era su verdadero nombre y de dónde había salido esta *rara avis*, el director del suplemento cultural donde Merton publicaba su temible columna de novedades mantenía su sonrisa de esfinge y solo callaba. Pronto, como un primer movimiento de defensa, los libros que enviaban para reseñar las principales editoriales empezaron a llegar a la redacción con tarjetitas de súplica: *¡Por favor, que no lo lea Merton!* Y sin embargo, después del primer momento de terror, algunos escritores, los más valientes, se expusieron a la prueba. Había, junto con el vértigo del riesgo, una tentación irresistible, la de acudir a un oráculo de rostro desconocido que dictaminaría por fin lo que nadie les diría de otro modo: la verdad desnuda sobre el propio libro o, al menos, alguna verdad. Aunque ahora parezca a la distancia casi increíble, en esas épocas exóticas y algo bárbaras críticos supuestamente serios no se privaban de reseñar las obras de teatro de sus propias esposas, como si las desconocieran por completo; investigadoras académicas levantaban en los podios literarios a sus amantes o a sus sobrinos; directores de suplementos culturales enviaban a ejecutar la última novela del escritor X a manos de su peor enemigo el escritor Z y la crítica oscilaba entre el tráfico de favores de la «sociedad de socorros mutuos» y ciertas prácticas cuasi sangrientas de la *cosa nostra*. Alguien había llegado a decir, con no poca razón, que una historia futura de la crítica argentina debería incluir necesariamente un árbol genealógico de romances, amistades, enemistades y lazos de familia. En esas arenas movedizas entre devolución de favores y ajustes de cuentas, el arte exigente y sutil de la valoración literaria se había convertido en un simulacro, una ilusión que se ejecutaba para el público desprevenido de los suplementos culturales con todas las cartas marcadas de antemano. Por eso mismo, que viniera alguien de afuera, un árbitro a quien nadie conocía y que no conocía a nadie, había tenido el efecto de hacer levantar todas las cabezas.

Después de los primeros valientes llegaron los segundos; las columnas de Merton empezaron a ganar espacio hasta ocupar la página principal del suplemento cultural, y tratar de anticipar qué diría Merton sobre tal o cual novela reciente de los autores más encumbrados se convirtió en el juego favorito de aquel tiempo. De a poco, como en una apuesta de Pascal —con algo de ruleta rusa—, el temor cedió paso a una esperanza improbable pero de ganancia altísima: una crítica favorable de Merton era absolutamente consagratoria. Las novedades editoriales llegaban ahora a la redacción con el mensaje opuesto: *¡Por favor, que lo lea Merton!* Las reseñas de Merton empezaron a repicar en el boca a boca del mundillo cultural, y a citarse fuera de Argentina. Los diarios de España no dejaron de advertir ese nuevo nombre que emergía con la luz nueva y siempre algo encandilante del rigor intelectual. Varios pujaron por incorporar su firma; como suele suceder, se lo quedó el más poderoso, un periódico de Madrid que intercambiaba artículos cada tanto con el diario argentino donde publicaba Merton. Empezó así el año *mirabilis* de Merton.

Sus notas sobre autores españoles tuvieron —como ya era su marca— la misma ecuanimidad feroz y la misma distancia analítica que habían probado en carne propia los escritores argentinos. Y aunque al principio se sucedieron también en España, por lo bajo, las quejas murmurantes, el temor y la sorpresa, la expectación no dejaba de crecer por cada nueva nota del domingo, que reproducían los principales suplementos culturales de América Latina. A fin de ese año le llegó el coronamiento, vecino próximo del desastre: el diario español, en sus premiaciones anuales, lo distinguió como el mejor crítico, en la categoría Revelación. Merton viajó a la gala de premiación y tuvimos por fin, en el suplemento del siguiente fin de semana, la primera foto del fantasma. Merton aparecía —o debería decir, sobresalía— obscenamente joven y bronceado entre las canosas luminarias españolas. En una segunda foto del interior, que podría verse ahora como premonitoria, sostenía una copa de *champagne* en alto entre la rotunda Núria Monclús, vestida de blanco y con una de sus legendarias diademas de esmeraldas, y la magnífica esposa de A, Morgana, que le tocaba sutilmente el brazo. Merton, si se miraba con detenimiento, parecía inclinarse un poco hacia Morgana, como si no quisiera perderse algo que ella estaba por decirle al oído. No había en cambio imágenes de A, que, aunque ya vivía en España, debía estar recluido en Barcelona con los primeros signos de la enfermedad.

Lo que ocurrió después, la precipitación en desgracia de Merton, quizá algunos lo recuerden porque fue el escándalo literario del año. En la misma noche de gala se fallaba el gran premio del diario a la mejor novela inédita. Este premio era, por la cifra elefantiásica que otorgaba, un imán que a la vez atraía y repelía a los escritores consagrados. Ese año recayó con puntería sospechosa en un escritor de Murcia largamente famoso, que podría devolver con sus ventas hasta el último centavo y pagar incluso varias fiestas más. Aunque nos parezca ahora absurdo, en el suplemento cultural del propio diario se preparaba, como parte del ritual, una crítica literaria de la novela premiada, que era a la vez la campana de largada para la promoción del libro. Alguien pensó que sería buena idea encargarle aquel trabajo tautológico a ese nuevo joven maravilla, Merton. Daban sin duda por descontado que si lo habían invitado a sus fiestas y le habían estrechado la mano, podían confiar en que siguiera las reglas del juego. Pero ya de regreso en Buenos Aires, despojado de su traje y otra vez a solas consigo mismo, Merton leyó muy seriamente las setecientas páginas del libraco e hizo lo de siempre, lo que no podía dejar de hacer: dijo la verdad. En realidad la escribió, en seis mil caracteres implacables, y envió su columna al diario como cualquier otra semana. El director del suplemento cultural estaba de vacaciones y el editor a cargo no se molestó en darle más que una mirada distraída a las líneas iniciales. En consecuencia, se imprimieron medio millón de ejemplares con la columna fatídica, que se diseminaron en toda España. El director del suplemento fue seguramente uno de los primeros en leerla —y releerla— con estupor e incredulidad durante su desayuno en un centro de esquí de los Pirineos cuando, por supuesto, ya era demasiado tarde para todo, salvo para clamar venganza. Pidió que le consiguieran el número de teléfono de Merton y una comunicación con Argentina. Al responder el llamado, muy temprano en la madrugada, Merton se enteró de las variedades inesperadas y chocantes del arte callejero del insulto en España. Le pareció recibirlas en aluvión de distintas regiones y estratos lingüísticos, con alegorías sexuales impensadas, aunque cada tanto, como en un *ritornello*, volvía a escuchar, sobreagudo, el estribillo machacante: *¿Por qué te piensas que te dimos el premio, grandísimo gilipollas?* Al final escuchó también, entre borboteos, la amenaza de que no solo no trabajaría más en ningún diario de España sino que, hasta donde pudiera llegar su influencia, tampoco en ninguno del resto de América Latina.

Al pequeño escándalo que era por sí misma la columna se sumó la noticia inmediata del despido de Merton, que los diarios rivales se ocuparon de lamentar con grandes letras de cocodrilo, aunque ninguno le ofreció refugio en sus páginas. El nombre de Merton se levantó y relumbró en España «por todo lo alto», pero su honestidad a toda costa tenía algo de metal demasiado refulgente que dañaba la vista y que era mejor mantener alejado. Cuando las aguas se aquietaron, Merton se encontró con muchas felicitaciones, cartas de admiración en los correos de lectores y ningún trabajo. La amenaza final del poderoso director español no había sido en vano: también el diario donde publicaba en Argentina tuvo que lamentar prescindir de sus servicios, y los otros suplementos y puertas que tanteó parecían coincidir en que no había necesidad de seguir propagando el ejemplo del ejemplar Merton. No sabemos cuánto pesó esto en su ánimo porque nadie había llegado a conocerlo: Merton había atravesado el cielo de Argentina y España con un brillo de estrella fugaz e inasible. Alguien comentó que había vuelto a dar clases como instructor en distintos clubes de tenis; se decía también que tuvo el consuelo de al menos dos escritoras que, al ver su foto junto a la célebremente bella Morgana, habían tenido la súbita urgencia de rastrearlo en esos clubes para mejorar el golpe de revés. Esto último no parece imposible: basta que una mujer hermosa toque con un dedo a un hombre —y apenas había eso en la foto— para que ese dedo se transforme en varita y muchas otras lo encuentren atractivo. Se dijo además, algún tiempo después, que Merton estaba estudiando filosofía analítica por su cuenta y que escribía un libro sobre el método crítico que había intentado poner a prueba a lo largo de sus reseñas. En todo caso el nombre de Merton se fue apagando poco a poco y solo resurgía cada tanto, casi como una advertencia, si alguien escribía una reseña particularmente drástica: «Mejor atenuarla un poco o puede pasarte lo de Merton».

Nuestra historia comienza casi dos años después, pero parecía necesaria esta introducción para explicar por qué Merton estaba con unas zapatillas de tenis rojas de polvo de ladrillo, la cara quemada por el sol y su bolso de raquetas cruzado en el pecho cuando al llegar a la puerta de su edificio recibió del encargado una carta de España. La carta tenía el membrete de la agencia literaria Monclús y el nombre completo y siempre algo perentorio de Núria Monclús manuscrito con grandes letras enruladas en la parte de atrás.

Apenas entró en el pequeño departamento que alquilaba, Merton abrió el sobre. Del interior cayó un billete de avión en clase ejecutiva y una nota breve, mecanografiada, de la portentosa agente:

Apreciado Merton:

Tu compatriota y mi autor más querido, A, a pesar de su enfermedad, ha logrado terminar la que será, mucho me temo, su última novela. Me ha pedido que hiciera lo posible y lo imposible para que tú la leas: sabe de ti, te aprecia y quiere conocer tu veredicto. Por razones de estricta confidencialidad con los editores no puedo enviarte copia del manuscrito, pero acepta, por favor, este billete abierto que te envío, elige una fecha lo más cercana posible y vente a Barcelona, que te trataremos a cuerpo de rey. Tu trabajo, no necesito decirlo, será debidamente recompensado. Te dejo el teléfono de mi secretaria personal, Amparo, para que arregles con ella los detalles. Y confío en que la carta que te acompaño te ayude a tomar la decisión.

A medida que leía, a Merton se le formaba a medias una sonrisa de admiración y secreta resistencia: qué naturalidad asombrosa parecía tener aquella mujer en solicitar y disponer, y con un chasquido de dedos llevar y traer gente desde el último rincón del mundo. Pero ¿no era ese el segundo poder tácito de reyes y reinas? La cordialidad inapelable, el allanamiento con dinero de todas las posibles dificultades, la seguridad de invitar sin ser rechazado. Cuando la Reina te llama no hay más remedio que ir, le había dicho una vez su madre. Pero ahora que la Reina había llamado, algo de su orgullo plebeyo se sublevaba. Aun así, ¿dónde estaba la otra carta que mencionaba? Merton volvió a revisar el interior del sobre y vio que, en efecto, había quedado atascada una hoja doblada en cuatro, de un papel muy delgado. Al abrirla, no pudo dejar de reparar antes que nada en la firma al pie: era de Morgana.

# Dos

A diferencia de la nota de Núria Monclús, que imaginaba dictada en frases rápidas y resueltas y tecleada por una secretaria, la carta de Morgana tenía la cercanía envolvente y ambigua de la letra manuscrita y era también breve, pero parecía haber sido muy pensada, y quizá pasada en limpio más de una vez. La letra era tersa y redonda y casi cada frase, pensó Merton después, podía ser leída de dos maneras.

> Querido Merton:
>
> Soy Morgana, la esposa de A, y me gustaría creer que quizá me recuerdes de una fiesta en Madrid en la que coincidimos hace un par de años. Pero te presentaron y saludaste a muchísima gente esa noche, apenas pudimos intercambiar unas palabras. En cualquier caso, yo no me olvidé de tu nombre; cuando volví a Barcelona le hablé de tu premio y nuestro encuentro a A, lo bastante para darle un poco de celos, que es el único estado en que lee ahora algo de sus contemporáneos. Le enseñé algunas de tus reseñas y sé que quedó tan sorprendido y admirado como yo, aunque jamás daría el brazo a torcer para reconocerlo. Le interesó sobre todo tu formación en Lógica, sa-

brás que él estudió también matemáticas en su juventud. Cuando nos enteramos de tu despido en el diario, quiso incluso escribir una carta de protesta, pero su salud había empeorado mucho y estaba muy débil para intentar nada.

Ahora, en uno de los períodos de remisión de su enfermedad, acaba de terminar la novela en que trabajó más tiempo, ¡casi siete años!, y que ha llamado, de una manera un poco lúgubre, *La última vez*. Aunque ni los médicos ni yo somos tan pesimistas, él cree que esta será su obra final, y teme incluso no llegar a verla publicada. Por eso, me dijo, quiere asegurarse de tener al menos un lector y me insistió, casi como una última voluntad, en que hiciéramos lo posible para que pudieras leerla. Hay una razón más para que haya pensado en tu nombre; él te la explicará mejor aquí, si accedieras a venir. Tiene que ver con lo que llama «el malentendido» sobre su obra: ya que no pudieron entenderlo en el pasado, me dijo, quizá lo entienda alguien del futuro.

Apenas le mencionó a Núria tu nombre, ella se dispuso a escribirte y me dijo que te ofrecería alojamiento en el Ritz. Pero yo pensé que quizá prefieras quedarte en nuestra casa de Pedralbes. La piscina es bastante más grande que la que tendrías en el Ritz y hay una casita separada de huéspedes, mucho más cómoda que un cuarto de hotel, que me ocuparé de arreglar personalmente para que no te falte nada. En fin, ojalá quieras considerar esta posibilidad: tanto mi hija como yo estaríamos muy felices si fueras por esos días nuestro invitado. Te envío un abrazo muy afectuoso y expectante,

Morgana

Merton, por supuesto, recordaba demasiado bien a Morgana y emergió otra vez para él, por el conjuro delicado de la carta, el recuerdo de la fiesta y esa única visión que tenía de ella: su modo equívoco y seductor de mirarlo, el vívido escote de su vestido de noche, su mano intermitente que cada tanto le tocaba el brazo, como si no quisiera perderlo en el remolino de las presentaciones, su manera de inclinarse y rozarlo con el pelo para hablarle al oído por sobre el ruido del salón. Núria Monclús había estado junto a ellos todo el tiempo, todo ese brevísimo tiempo. Y a su percepción femenina seguramente no se le había escapado la manera en que él la había mirado a su vez. Podía imaginar muy bien a las dos mujeres conversando entre sí: *Yo le escribiré con todo lo que pueda ofrecerle*, diría Núria, *pero si queremos estar seguras de que vendrá, escríbele tú también*. La agente, otra vez, habría tenido razón: la Reina, la verdadera reina más poderosa de la atracción sexual, lo había llamado, y no tendría más remedio que ir.

Aun así, y para no ser del todo injustos con el pobre Merton, algo más lo había tocado de las dos cartas, algo cálido y reconfortante, la reparación de una injusticia. Durante esos dos años se había sentido un exiliado, o más bien un expulsado a patadas, que había sido olvidado en su destierro atronadoramente. Y sin embargo ahora, desde el otro lado del océano, lo requería el autor argentino más notorio y su todavía más ilustre agente literaria le tendía una alfombra voladora roja. Alguien lo recordaba entonces, después de todo. Y aunque hubiera alguna trampa escondida (Merton no creía, por supuesto, que A se hubiera propuesto escribir ninguna carta en su defensa y Morgana quizá se había tomado algunas otras licencias poéticas), le parecía en cualquier caso la clase de trampa en que valía la pena caer, *engañado por viejos ardides*, como el espía en los versos de Auden.

Ya en el aeropuerto, a la espera del embarque, mientras recorría distraídamente los títulos de una librería, Merton dio de improviso con una de las novelas de A, y cuando casi en fila aparecieron otras dos, volvió a recordar la frase quizá más intrigante de la carta de Morgana. ¿Cuál podría ser el «malentendido» del que se quejaba A? ¿Había acaso algún escritor argentino a quien se entendiera mejor? Se lo entendía tanto que cada uno de sus libros, invariablemente, agotaba varias ediciones. Y se lo entendía incluso en los idiomas más exóticos: ya en esa época los libros de A se traducían en todo el mundo y estaban no solo en las librerías al paso de los aeropuertos, sino en las vidrieras de las grandes cadenas, en las góndolas de los supermercados, en las bibliotecas de los municipios y pueblos más pequeños. Los libros de A se habían vuelto parte del paisaje natural, al punto de que, como ocurre con las cosas demasiado familiares, a veces podían pasar inadvertidos. Aunque parezca increíble, Merton no había leído ninguno hasta ese momento. Esto tenía una explicación bastante razonable: su tesis doctoral cubría hasta los autores de la época del *boom* y A pertenecía a la generación inmediatamente posterior. Más aún,

Merton recordaba haber leído en alguna revista cultural —cuando A era tan desconocido que todavía aparecía en las revistas culturales— una entrevista en la que había tratado de despegarse todo lo posible de sus predecesores, que seguían publicando incómodamente cerca. A la pregunta de cuál era su autor favorito entre los del *boom*, A había respondido, como una *boutade*, que Marcelo Chiriboga, «aunque no tanto por *La línea imaginaria*, que le parecía sobrevalorada». Esto lo había hecho reír y se propuso buscar algún libro de A al volver a la Argentina. Pero mientras tanto A había cometido el peor de los pecados: tener un éxito. Una de sus novelas, vagamente gótica —justo una de las que Merton tenía en sus manos—, había ganado un premio resonante en España y se había convertido en un bestseller impensado a ambos lados del océano. Sus editores, rápidos de reflejos, publicaron reediciones lujosas de sus primeras obras y cada una fue arrebatada y consumida en una fiebre de descubrimiento. Esto despertó de inmediato todas las alarmas y rencores en los círculos literarios y el nombre de A, que se volvió omnipresente en las librerías, desapareció por completo de los suplementos culturales. Los mismos que habían hecho circular sus primeros libros entre iniciados y *connoisseurs* fingían ahora no haberlo leído nunca y parecían conjurados para omitir cualquier mención a él. Cuando Merton regresó a la Argentina ya reinaba ese sobreentendido de silencio: A se había convertido a la vez en el escritor más visible e invisible. Merton, que muy pronto fue atrapado en la cinta sin fin de las novedades para reseñar, no había vuelto a recordar el nombre de A hasta que le presentaron a Morgana y había simulado como pudo que conocía algo de su obra. Ahora, pensó, se enfrentaría otra vez con ella y, mucho peor, seguramente también con él. Decidió hacer un pequeño gasto a cuenta de todo lo que parecía prometerle Núria Monclús y compró las tres novelas de A que se sucedían en el estante.

Le tocó embarcar entre los primeros y cuando vio el gran asiento convertible en cama al que le daba derecho el billete de Núria Monclús pensó que quizá por una vez podría dormir en un avión. Mientras por detrás la lenta oruga de los pasajeros avanzaba por el pasillo acomodando y reacomodando valijas, abrió la novela del premio. Durante su infancia, los volúmenes que empezaba en la biblioteca de aquella ciudad del sur tenían invariablemente en la primera página un sello que era casi una admonición: «Todos los libros merecen ser leídos hasta el final». Él había cumplido por bastante tiempo esta regla con estoica obediencia infantil y seriedad de aprendiz de samurái, hasta que descubrió, con el correr del tiempo y las lecturas, que cada libro se desnudaba por entero muy pronto. Había entonces reformulado de un modo drástico la regla, aunque sin perderla por completo: todo libro, ahora, merecía ser leído hasta la página veinte. Esto, que podría parecer extremo, o injusto, era posiblemente el fundamento simple y sólido de su ecuanimidad. Mientras otros críticos se vanagloriaban de toda clase de aversiones y fobias exquisitas para pasar de un título sin abrirlo, él prefería el *fair play* de dejar que el libro hablara por sí mismo, y de escucharlo leal e intensamente durante esas primeras páginas. *Di tu palabra y rómpete*. Podía abrir entonces, sin prejuicios, con algo de diversión intelectual, cualquier libro. Al cabo de esas veinte páginas, tal como un chef que prueba con una sola cucharada la gran olla de sopa, creía saber lo esencial: la clase de mundo que asomaba, la densidad literaria, la originalidad de ideas, la vida propia de las criaturas, y si la escritura lograba sobrevivir o no a la lucha contra el lugar común. Creía reconocer, como lo había dicho mejor otro crítico, la «cárcel sintáctica» en que se movía el autor; y saber sobre todo si valía la pena leer más allá. Y bien, cuando ya le retiraban la copa de *champagne* y el avión se empezaba a mover para el despegue, Merton reparó en que había leído sin siquiera advertirlo dos capítulos enteros y que solo podría decir, si alguien lo interrumpiera, que comprendía muy bien por qué A había sido considerado alguna vez un escritor de pocos, y luego de demasiados. Pero no le interesaba discutir consigo mismo nada de esto ahora: la novela y los personajes de A se le habían impuesto como una fuerza natural abrupta y definitiva, casi podría decir que lo habían *tocado* en algún sentido físico, y lo único que quería, mientras el avión dejaba la ciudad atrás, era comprobar su lámpara individual y la reclinación del asiento para seguir leyendo durante toda la noche.

# Tres

En las puertas de salida, tal como le había anticipado la secretaria de Núria Monclús, lo esperaba un chofer que sostenía en alto un cartel con su nombre. Era un hombre delgado y encogido, de movimientos algo nerviosos, que se hizo cargo de su equipaje de inmediato y caminó a paso apurado hacia el estacionamiento.

—Es que tengo a la señora Núria en el teléfono del coche —le dijo como disculpa—, y está pendiente de tu llegada.

Aunque era principios de octubre el sol hacía centellear el pavimento y Merton se sintió llegar a un alargamiento inesperado y benévolo del verano. Mientras caminaban hacia un reluciente BMW plateado se quitó el abrigo ligero que llevaba para quedar en mangas cortas. Apenas se deslizó en el asiento de atrás el hombre le pasó el teléfono y escuchó la voz algo chillona, alegre y torrencial de Núria Monclús, que parecía ir formulando y reformulando planes al hablar.

—Querido, ¡qué felicidad saber que estás aquí! Ya me ha dicho Amparo que has preferido aceptar la invitación de Morgana, me parece acertadísimo, será mejor para todos que te alojes en casa de ellos: no habrá que ir de aquí para allá con el manuscrito. Pero antes tú y yo deberíamos vernos, ¿verdad? Tenemos un pequeño asunto que tratar. De modo que haremos así: te he enviado a Sergi, mi chofer particular, él ha llevado y traído a Gabo, a Marito, a tu compatriota Julio Cortázar: es de mi más entera confianza y puedes pedirle lo que necesites. Ahora mismo yo no podría atenderte en la agencia porque tengo una mañana de órdago y estoy despachando con una autora que vino de improviso desde Francia a verme, no puedo despedirla en un plis plas. Así que Sergi te llevará durante una hora o dos de paseo. ¿Has estado antes en Barcelona?

Merton dijo que no y fue todo lo que pudo decir.

—Pues mejor que mejor, hombre. Entonces este es el plan: le dirás a Sergi que te lleve al Tibidabo, que es mi lugar favorito en el mundo y el sitio perfecto donde empezar: tendrás una vista preciosa de toda la ciudad. Asegúrate allí de visitar el Museo de Autómatas, no puedes perdértelo. Y por cierto: me interesará lo que me digas después de verlo. Si te llega a dar hambre le pides que te baje a Gracia y te lleve al café Salambó: toma allí lo que quieras y que lo pongan a mi nombre. Yo lo llamaré a él en cuanto me desocupe para que te traiga a la agencia. Nada, guapo, que en un rato nos vemos.

Merton le devolvió el teléfono a Sergi y, al cruzar su mirada por el espejo, el chofer alzó una ceja interrogante.

—¿Entonces? ¿Al Tibidabo?

Se preguntó cuánto habría escuchado de la conversación; le pareció ver que le asomaba una sonrisa a medias irónica y resignada mientras ponía en marcha el auto.

—¿Es el paseo oficial? —preguntó Merton.

—Algo así —dijo Sergi—: es difícil conocer a la señora Núria sin subir antes a la montaña. Es el lugar al que la traía su padre de pequeña cada vez que venían a Barcelona. Todavía la llevo de tanto en tanto. Hay arriba un parque de atracciones muy bonito, aunque ahora está un poco abandonado.

—Me habló de un Museo de Autómatas. Y que querrá saber lo que haya visto, como si fuera a tomarme lección.

—En eso no puedo ayudarte —dijo Sergi—. La señora Núria de cualquier manera te tomará la lección.

Sergi calló, como si hubiera dicho algo de más, y Merton también prefirió permanecer en silencio mientras el auto recorría con serenidad mullida la ruta hacia la ciudad. Estaba muy cansado —finalmente había leído íntegra la novela de A y en ese rapto absorto, fuera del mundo, se había consumido gran parte de la noche— pero aun así luchaba por mantenerse despierto. Le gustaba ver, cuando se aproximaba a una ciudad desconocida, cómo emergían lentamente los primeros caseríos, los presagios de nuevas casas o edificios a medias construidos, la argamasa todavía disgregada de lo que poco a poco se volvía urbano, ordenado, compacto, cada vez más uniforme y definitivo. Esta vez, sin embargo, no lo logró del todo; lo despertó de su cabeceo la voz de Sergi.

—Ya estamos en El Putxet —le dijo, y señaló una carretera al costado que subía una ladera, con caminantes y ciclistas—. Esa es la Carretera de les Aigües, si alguna vez paseas por allí podrás ver las mansiones que describe Marsé en *Últimas tardes con Teresa*. Y en este barrio se alojó también García Márquez por un tiempo al llegar a Barcelona, en un apartotel de la calle Lucano. Aparcaré por aquí y tomaremos el funicular, que es parte de la gracia del paseo.

Merton tuvo el impulso de liberarlo y adujo que podía muy bien subir solo, pero Sergi negó tristemente con la cabeza.

—Ni lo pienses: la señora Núria se enfadaría muchísimo si llega a enterarse de que te dejé solo. Venga, vamos, y no te preocupes: quiero convertirme en el hombre que más veces ha subido a esta montaña.

Ya arriba, asomados a una de las barandas junto a la gran Vuelta al Mundo detenida, Sergi le señaló la cresta de la Sagrada Familia, la terraza del hotel Majestic, «donde todos ellos iban a tomar sus gintonics», las construcciones y hoteles más recientes de la flamante Villa Olímpica y, hacia uno de los costados, el Montjuïc, la cruz del monasterio de Pedralbes y la cuesta recubierta en verde de la zona donde viviría. Pero Merton miraba más allá del trazado difuso de las calles y la nítida cicatriz de la Diagonal, en busca del mar, siempre más asombroso, que aparecía lejano, contenido, quieto, como un fondo uniforme algo irreal, pintado de celeste. Se preguntó qué habría visto y cómo lo habría impresionado aquel lugar en la cúspide de la montaña —sobre todo el abismo de la ladera a sus pies— si lo hubieran llevado de niño. El parque de diversiones parecía a medio desmantelar y los carritos en los rieles y las tazas chinas inmóviles crujían cada tanto con un gemido espectral en el viento. Trató de imaginarse todo aquello en movimiento y a Núria Monclús de pequeña, dando vueltas en la calesita o suspendida en lo alto de la gran rueda. Sergi le indicó con un gesto la entrada al Museo de Autómatas, como si llevara por dentro el tiempo exacto y medido de un guía de turismo. Entraron a un gran salón en penumbras y vio en semicírculo los gabinetes de madera y los muñecos antiguos con los rasgos gruesos de *grand guignol*, expectantes detrás de los cristales.

—También yo venía aquí de pequeño —le dijo Sergi—, pero había que ahorrar las monedas para poner en las ranuras. Ahora basta con apretar el botón.

Estaban detenidos frente a la caja de la adivina, una gitana con el pelo negro encasquetado hacia arriba con un turbante, labios muy rojos y grandes ojos rasgados, sentada con un mazo de naipes oculto en la mano. Merton apretó el botón verde y la mujer alzó la cabeza hacia él, sacó con lentitud una carta y movió los labios mientras señalaba una y otra vez la carta como si le estuviera anunciando mudamente su fortuna. No había nadie más en la sala, quizá por la hora todavía temprana, y fueron recorriendo de a poco los demás gabinetes. Merton no pudo evitar sonreír frente al cuadro de la guillotina, con el cura que hacía la cruz frente al reo, el verdugo encapuchado y el salto de la cabeza desprendida a la cesta bajo la hoja fatal. Sergi le explicó con seriedad el detalle técnico del ingenioso mecanismo que permitía restituir una y otra vez la cabeza cercenada. Vieron después un grupo de equilibristas encaramarse unos sobre otros, un payaso que lograba ponerse el sombrero con la punta del pie, una banda de negros que tocaba desde hacía más de un siglo el mismo principio de la misma canción. Vieron el baile en rondas del pueblo y también, como si el museo se burlara de sí mismo —o de ellos—, un turista de camisa hawaiana que alzaba la cámara para sacarles una foto. A medida que avanzaban, Merton recobraba algo de su propia niñez y quería pulsar todos los botones, pero aun así, entregado a esas breves ilusiones mecánicas, se preguntaba cada tanto qué más debía entender en esa sala. ¿Que en el fondo la Fortuna sacaba siempre la misma carta? ¿Que había algo de eterno retorno en la comedia humana? ¿Que, pese a Descartes, lo que parecía voluntad, impulso, libre albedrío, tenía también por detrás sutiles engranajes y levas? Se detuvo frente a una caja más pequeña, que dejaba ver a través del cristal una mano que aferraba una pluma sobre el tapete de un escritorio. Al presionar el botón, la mano levitaba, la punta de la pluma tocaba el borde de un tintero y la mano escribía lo que parecía una palabra sobre un pedazo de papel. La palabra no alcanzaba a leerse y probablemente esto fuera parte del truco. ¿Sería esta, al fin, la caja preferida de Núria Monclús, aquello en lo que debía reparar? ¿No se había convertido ella, después de todo, en el mecanismo oculto que hacía mover las manos de los escritores, en el fuelle secreto que les daba el aliento de la ambición? ¿No había llegado acaso a pagar un sueldo de su propio bolsillo a los más talentosos para que pudieran dedicarse solo a sus novelas? Y se había ocupado también, si lo que se decía era cierto, de proveer a su grupo selecto en Barcelona de médicos, secretarias, niñeras, abogados, choferes, toda una parafernalia invisible para que las manos libres no hicieran otra cosa que levitar y escribir.

Hubiera seguido apretando botones hasta el final, pero se compadeció de la cara de hastío de Sergi y propuso que bajaran a tomar un café. El chofer pareció reanimarse, agradecido, y cuando volvieron a subir al auto, en el trayecto al Salambó, le contó de buen humor anécdotas de uno y otro de los escritores que había llevado. El barrio de Gracia le pareció a Merton también a su modo detenido en el tiempo, con sus pequeñas plazas pacíficas, los bares antiguos y las calles estrechas con librerías de viejo. Ya dentro del café, Sergi lo llevó hasta el mostrador y casi lo obligó a pedirse todo un almuerzo, como si quisiera iniciarlo de una sola inmersión en el ejército de pinchos a la vista, las variedades de salamines, fuet y jamones y todos los pescaditos de Barcelona. Cuando Merton trató de detenerlo —incómodo por la gran cuenta que se iba sumando en la registradora—, Sergi y el empleado detrás de la caja rieron.

—No te preocupes, hombre, la señora Núria es la dueña y se molestaría mucho más si supiera que te quedó algo sin probar. Venga, mientras nos ponen todo en la mesa te voy a enseñar algo.

Lo llevó hacia una de las paredes con una larga fila de fotos enmarcadas.

—Sabes que aquí, en este mismo café, se entregaba un premio literario muy prestigioso. Y los más grandes escritores del *boom* fueron miembros del jurado. Mira: ahí los encontrarás a todos.

Merton miró y, en efecto, los fue reconociendo de a poco uno a uno, los siete magníficos, todavía jóvenes, alegres, confabulados en las risas y las copas en alto. Él, que había escrito su tesis ateniéndose estrictamente a sus novelas y que los había separado con rigor metodológico a uno de otro sin prestar atención al pegoteo de las anécdotas, tuvo que admitir que quizá aquella había sido la clave secreta de esa generación dorada, de esa *troupe* desperdigada y vuelta a reunir: las comidas y parrandas, las fiestas ubicuas en París, Cuba, México y Barcelona donde todos se conocían y los libros se cruzaban como contraseñas. En una de las fotos, en la punta de la mesa, le pareció distinguir unos rasgos conocidos bajo una barba desconcertante a medio crecer y señaló, dudando, con el índice.

—Sí —le confirmó Sergi—: es tu compatriota A. Entonces comenzaba a despuntar, se hizo conocido mucho después.

Merton estudió por un momento más la seriedad de A escudada tras la barba, su cuerpo de entonces insólitamente delgado, quizá famélico, y no pudo evitar preguntarse si ya en esa época, y en esa mesa, A se sentiría tan lejano y diferente como parecía de ese grupo de campeones.

Sergi lo sacó de su ensimismamiento para indicarle la comida en la mesa.

—Empieza, por favor, antes de que se enfríe todo, yo iré al coche a ver si la señora Núria ya se ha liberado y me ha dejado algún mensaje.

Merton apenas llegó a probar un par de bocados y un sorbo de café cuando vio regresar a Sergi a paso vivo y con la cara demudada.

—Disculpa, pero debo llevarte ya mismo, la señora Núria tiene una llamada después con un ministro y solo podrá recibirte ahora unos minutos si salimos pitando.

# Cuatro

El auto se detuvo en una esquina de la avenida Diagonal y Sergi le señaló un edificio antiguo de cinco o seis pisos con una puerta de arabescos de hierro y filigranas doradas.

—Llama al tercero —le indicó—. Ha de ser algo muy importante o muy secreto lo que tiene que tratar contigo porque me ha dicho que te recibiría arriba, en su sala, y no en las oficinas. Yo te esperaré aquí mismo para llevarte después a Pedralbes.

Cuando la puerta de entrada se abrió Merton se encontró frente a un ascensor de madera y espejos que parecía una reliquia chirriante, pero que logró cumplir una vez más, con algo de divinidad menor y quejumbrosa, la tarea de elevarlo por sobre los pisos quietos. Apenas tocó el timbre, una mujer de servicio acudió a abrirle y por detrás vio, sentada en un gran sillón, a Núria Monclús, enteramente de blanco, que se ponía de pie con alguna dificultad para recibirlo.

—¡Querido! Ven, ven aquí, que quiero darte un abrazo.

Merton cruzó la sala y en una ola de cariño que no hubiera esperado fue envuelto en los gruesos brazos de Núria Monclús y recibió un beso en cada mejilla, mientras la agente no dejaba de mirarlo como una tía bondadosa que recibe a su sobrino favorito. Vio, a corta distancia, la cara complacida y arrebolada, salpicada de pecas, y la piel muy fina y estriada de las mejillas que se estiraba en una sonrisa franca y sostenida. Había alzado las dos manos rodeando su cara y lo retuvo todavía un instante para estudiarlo mejor. Merton sintió que los ojitos astutos recorrían sus facciones, como si quisieran llegar a una primera conclusión.

—Chico: qué colores tienes. No has cambiado nada en este tiempo, es increíble, pareces incluso más joven sin el traje, tal vez tengas la misma enfermedad que Cortázar. Pero venga, siéntate aquí a mi lado, que tenemos mucho que hablar.

Merton se sentó en una silla muy próxima; Núria Monclús extendió una mano sobre la suya y le dio un par de palmaditas afectuosas mientras le hacía un gesto a su empleada para que se retirara y cerrara las puertas.

—Así que Sergi te ha subido al Tibidabo.

Núria Monclús hizo un silencio inesperado, sin dejar de mirarlo, y por un efecto curioso Merton se sintió de algún modo interrogado, y un instante después vagamente estúpido cuando se escuchó recitar los puntos de la ciudad que le había señalado Sergi.

—Sí, es una vista magnífica, te lo había dicho —asintió la agente con un tono neutro—. Pero ¿has entendido por qué quería yo que subieras allí?

Merton dudó por un momento, como si estuviera por dar un paso en falso, y empezó a repetir, con alguna vacilación, la alusión que había hecho Sergi sobre la infancia de ella. Vio que la agente negaba con la cabeza.

—Es verdad que mi padre me llevaba de niña —dijo—. Pero eso es importante para mí, no necesariamente para ti. ¿No te imaginas por qué quería yo que *tú* subieras al Tibidabo? Quizá te ayude saber que mis autores, cuando me quieren, hablan de mí como «la Mamá Grande», pero los editores, que siempre me han odiado, me llaman el Diablo. Y, por supuesto, es el nombre que prefiero.

Merton tuvo entonces una iluminación lejana: la página de una Biblia ilustrada para niños que había mirado en su infancia, con la imagen de Jesús asomado en lo alto de un monte y un viejo horroroso y retorcido que lo llevaba del hombro y señalaba una ciudad abajo.

—*Tibi-dabo* —dijo, en un súbito reconocimiento de la fórmula latina que había estado todo el tiempo frente a sí—: *Todo esto te daré: los reinos y la gloria de este mundo.*

Núria Monclús rio, con algo de felicidad infantil, encantada de que él hubiera por fin adivinado.

—Eso es, pero no te entusiasmes demasiado, no será tanto lo que pueda darte. Aunque sí quiero que sepas que considero valiosísimo el trabajo que deberás hacer y que me saco todos los sombreros ante tu talento. Que es, por otra parte, bastante único. Escritores hay debajo de cada piedra, y críticos con una novela escondida bajo el brazo también. Pero alguien como tú, que lea con ese rigor y que no tenga el culo alquilado, ese es otro cantar. La honestidad intelectual, aunque no lo creas, se ha convertido en el artículo más raro y preciado en nuestro mundillo. Por eso hemos pensado en ti. —Núria Monclús acercó todavía un poco más la cabeza hacia él y bajó un tono la voz, como si se preparara para hacerle la confidencia más importante—. Verás: tu compatriota A es alguien a quien yo quiero muchísimo y me he sentido siempre un poco en deuda con él. Desde hace mucho tiempo aprendí que todos los escritores, digan lo que digan, quieren o prestigio o dinero. Pues bien, A acudió a mí por prestigio, y hasta ahora solo he podido darle dinero. Hace años y años que escribe esta novela que te enseñará y que serás el primero en leer, aun antes que yo. Me ha dicho que esta vez lo ha escrito «más claro que nunca». Él cree que hay algo así como un malentendido sobre su obra —y al decir esto la agente hizo un gesto elíptico con la mano, algo incrédulo, como si condescendiera a discutir la existencia de fantasmas.

—Sí, eso me escribió también la esposa —asintió Merton—. Pero ¿a qué puede referirse? ¿Dijo él algo más sobre esto?

—Solo que hay una ironía en todo el asunto: cree que es en gran parte por ese malentendido que tiene tantos lectores en el mundo. Pero no quiere morirse sin que al menos alguien reconozca lo que según él verdaderamente hay por debajo. Lo llamó una vez su «marca de agua». Por supuesto que casi todos los escritores tienen estas quejas y coqueterías, lo sabrás tú como crítico igual que yo: creen que nadie los lee con el detenimiento que se merecen, que no supieron admirar tal o cual capa oculta, que no alcanzaron a ver entre líneas. La primera vez que me habló de esto le dije que dejara atrás toda esperanza, porque la lectura, fatalmente, *es* un malentendido: cada quien encuentra lo que quiere en un libro. Él me porfiaba que no, que eso podía valer para los lectores más vulgares, los que arrollan los libros y les pasan por encima con sus ideas ya formadas, pero que un lector sagaz, si solo leyera en la clave adecuada, podría reconocer de inmediato aquello de lo que hablaba. Ya sabes, él es argentino como tú y tiene toda clase de teorías. Pero en fin, con el tiempo terminé por creer que quizá tenga razón. Está muy mal realmente de salud y también yo temo que esta pueda ser la última vez, la última oportunidad de dilucidarlo. Ahora, imagina que tú lees la novela y descubres lo que hay que descubrir... —Núria Monclús hizo una pausa, con algo de encantadora de serpientes, y se echó un poco hacia atrás juntando las manos, con las puntas de los dedos sobre los labios y un aire de ensoñación, como si entreviera posibilidades maravillosas, antes de alzarlas enérgicamente en alto, arrebatada en una ola súbita de entusiasmo—. ¡Sería la hostia, hijo! Qué artículo estupendo podrías escribir, que se disputarían los suplementos culturales. Tendrías tu regreso a la crítica por todo lo alto, lo ancho y lo profundo. Y yo me aseguraría de que fuera con gloria, por la puerta grande, en el mismo diario del que te echaron de esa forma tan miserable, si quieres como mismísimo director del suplemento, en reemplazo de aquel cagatintas. ¿Qué me dices?

Merton no pudo evitar reírse. Aunque recordaba

muy bien cada uno de los insultos que había sufrido, le aseguró a Núria Monclús que no querría de ningún modo ser director de nada, y que con volver a publicar en el diario rival, o en cualquier otro, ya tendría bastante. Ella volvió a mirarlo, como si se encontrara frente a un espécimen no habitual de la fauna humana y debiera esforzarse por aquilatarlo.

—Ya veo, la venganza no es lo tuyo. Eso habla bien de ti y, si me ayudas a levantarme, me gustaría mostrarte algo.

Merton se puso de pie y le tendió la mano para arrancarla, no sin cierto esfuerzo, de lo hondo del sillón. Fueron caminando lentamente hacia uno de los extremos de la enorme sala y en la penumbra de un pasillo que conducía a otras habitaciones la agente le señaló un cuadro pequeño: Merton vio con sorpresa que en realidad era un cheque enmarcado.

—¿Alcanzas a leer la cifra?

Merton leyó en voz alta la suma, que era en millones de pesetas.

—Serían ahora algo más de cien mil dólares —dijo la agente con algo de vanidad nostálgica—. Es un cheque que me dieron unos editores de cuyo nombre prefiero olvidarme, como compensación por haberme traicionado. Ya ves: un cheque que nunca cobré. Todos ellos, siempre, me dedicaban por detrás los peores insultos: materialista, terca, bruta, tirana, ¡literaturicida! Y sobre todo, *pesetera*. Pero no sé cuántos de ellos tienen en sus casas un cuadrito así, con cien mil dólares sin cobrar. De modo que te entiendo, te entiendo perfectamente. Eres orgulloso como yo. El dinero es mucho, pero no lo es todo. Ahora bien, aunque no lo sea todo, tampoco es un detallito, ¿verdad? Así que acompáñame hasta aquella mesa, que quiero escribir dos cheques para ti.

Caminaron del brazo hasta una mesa de madera labrada con dos cajones. Núria Monclús se sentó con un ligero resoplido y sacó de uno de ellos un par de lentes redondos, una chequera y una lapicera fuente.

—Esta pluma —dijo— me la regaló A cuando era un jovencito como tú. Ya ves, ha pasado toda una vida, pero me alegro de que todavía pueda usarla en algo para su provecho. No sé si adviertes lo magnífico que podría ser para él, para mí, que tú pudieras ver en esa novela lo que hay que ver. Sería un último regalo, y seguramente el más estupendo que yo podría darle. Cuando se publique la nota que escribirás... tendremos exactamente lo que él necesita. Como dicen en Francia —unió índice y pulgar de cada mano en dos círculos y frunció hacia delante los labios—, un *succès d'estime*. Y a partir de allí, si solo vive el tiempo suficiente, le colgaremos todos los premios y medallas. Veo grandes planes posibles, grandes de verdad. —Núria Monclús pareció otra vez como raptada por un ensueño pero de inmediato, quizá por alguna expresión en la cara de Merton, le preguntó, con algo de desconfianza—: ¿Qué piensas tú de la gente que formula planes y estrategias? ¿Que son maquiavélicos y calculadores? ¿Tienes algún plan para tu propia vida? ¿O eres como los jóvenes de ahora: *carpe diem* y *one-night stand*? No me contestes todavía —dijo, antes de que Merton, que pensaba muchas cosas sobre todo esto, pudiese decir ninguna—: dime primero qué has visto en el Museo de Autómatas.

Merton sí tenía para esta pregunta la respuesta algo más preparada, y cierta confianza en haber acertado con la caja predilecta de Núria Monclús. Cuando desplegó para ella, como un cumplido elaborado, la imagen de la verdadera fuerza que sostenía la mano que movía la pluma y del poderoso pulmotor que era su agencia para el aliento siempre vacilante de los autores, la vio sonreír, complacida y admirada.

—¡Ostras! Qué bonito esto que dices, muchacho, nunca lo había pensado así. Aunque en todo caso, como esa mano en la caja escribe siempre la misma palabra, me inclino a creer que es una firma; la vería más bien como el momento supremo y de mayor felicidad de mi oficio: cuando el editor pone su firma en mis contratos. Pero verás: el Museo de Autómatas fue una lección de mi padre, que todavía le agradezco hoy. «Fíjate bien y no te despistes, Nuri», me dijo, «los adultos, aunque no lo creas, son casi todos como estos muñecos: una y otra vez en los mismos caminitos, llevados de las narices por las costumbres, por los trabajos, por las tradiciones familiares. Si sabes esto y haces bien tus planes, siempre podrás pillarlos un paso por delante». Así que traté de no despistarme y hacer mis planes lo mejor posible. Algunos por supuesto se tuercen, pero entonces hago otros. Ahora mismo se me empieza a ocurrir uno formidable... Pero bueno, primero lo primero. —Se calzó los lentes y empuñó con un gesto resuelto la lapicera—. Escribiré una suma muy bonita aquí. Dime qué te parece. —Dio vuelta el cheque para que Merton pudiera ver la cifra, que le pareció prodigiosa: en un cálculo rápido estimó que le alcanzaría para becarse a sí mismo por un año para terminar su libro sobre crítica dialéctica—. Esto es solo por haber venido hasta aquí y por leer durante estos días la novela, resuelvas o no el acertijo. Si además lograras descubrir lo que sea que A crea haber embutido en sus libros, aquí tienes este otro con la misma suma por escribir la nota. —Arrancó de un tirón los dos cheques y se los extendió—. ¿Qué me dices? ¿Te parece que podemos brindar? —Y lanzó hacia atrás un grito para que le trajeran dos copas de cava.

La empleada, que debía haber quedado muy cerca de la puerta, acudió casi de inmediato con las dos copas en una bandeja. Núria Monclús se puso otra vez de pie.

—Y ahora, guapo, a trabajar: no te dejes distraer demasiado por Morgana. —Alzó hacia él la copa—. Por la gran alegría que le daremos a mi querido A. Por los planes que vendrán.

Merton alzó a su vez la suya.

—Y por los autómatas.

—Sí —rio Núria Monclús—. ¡Por los autómatas!

# Cinco

El auto subió bajo el sol crujiente del mediodía una cuesta blanca y empinada, bordeada por paredes impávidas y portones fortificados que apenas dejaban entrever por detrás los techos de pizarra de las mansiones. Se detuvieron en una esquina, frente a una propiedad que parecía abarcar con su paredón de piedra rosada buena parte de las dos calles en ángulo. Al bajar del auto Merton vio, vertiginosos, los árboles altísimos que sobresalían y flanqueaban la entrada como un bosque privado. Sergi descargó del baúl su pequeña valija y le extendió la mano.

—Debo volver ya porque la señora Núria empezará a trinar, pero llama al timbre, que te están esperando. Y saluda de mi parte a Morgana.

Cuando Merton se acercó a la entrada escuchó un ladrido y el ancho portón de hierro se descorrió automáticamente, como si lo hubiesen visto desde adentro por alguna cámara. Un border collie con la cara mitad negra y mitad blanca se precipitó a husmearlo, con grandes latigazos de la cola, contorsiones tímidas y ruidos guturales de expectativa.

—¡Sascha! Perdona, se me escapó.

Cuando Morgana llegó hasta él por el camino de lajas, Merton ya estaba en cuclillas, acariciando la cabeza y el cuello de la perra y recibiendo rápidos lengüetazos de reconocimiento. Se puso de pie y en el fugaz relumbre de los ojos al encontrarse, ella le pasó los brazos desnudos por sobre los hombros. Merton sintió a la vez cuando lo estrechaba la oleada de su perfume y el contacto punzante de su cuerpo.

—Bienvenido —le dijo, con la cara todavía muy próxima, mientras él trataba de eludir los saltos y fiestas de la perra—. Fíjate cómo la has conquistado ya, mucho cuidado o no te librarás de ella. ¿Ese es todo tu equipaje? Ven, ven por aquí. —Y lo enlazó cálidamente con el brazo para llevarlo a través del bosquecito rodeando la casa principal.

Merton se preguntó si tenía que sacar alguna conclusión de ese brazo firme anudado al suyo, de su cercanía confiada, de la sonrisa ya familiar de ella y de los vistazos algo burlones que le echaba, como si fueran viejos conocidos y ella también quisiera calibrar cuánto había cambiado él en ese tiempo. O bien si era solo el modo hospitalario que tendría con cualquiera y algo del juego de seducción de las mujeres casadas, despreocupado y sin consecuencias. En todo caso se dejaba llevar, suspendido, feliz de haber hecho el viaje, sin poder evitar lanzar cada tanto una mirada a la línea llena y tirante de sus pechos, apenas encerrados en una musculosa de algodón, y a la gracia todavía juvenil de sus piernas bronceadas. Detrás de los árboles se abría una vasta extensión de césped que continuaba por detrás de la casa, solo entrecortada por una pileta rectangular que destellaba al sol.

Mucho más allá, donde terminaba la línea del césped, Merton vio lo que parecía la franja de cemento de una cancha de tenis, sin redes.

—¿Jugaba él al tenis? —preguntó con curiosidad.

—Un poco —dijo Morgana—, pero la hicimos para Mavi, nuestra hija, que llegó a ser número dos en menores aquí en España. Solo que ahora, con la adolescencia, se ha convertido en una personita terrible y lo ha dejado todo. ¿Juegas tú acaso?

—También un poco.

—Qué bien: entonces haré poner otra vez la red, a ver si logramos arrancarla de su cuarto. Y si no, jugarás conmigo, ¿qué te parece? Raquetas sobran aquí.

A Merton, por supuesto, le parecía muy bien y se felicitó de haber incluido en su valija, casi como un gesto que se había hecho automático, sus zapatillas y algo de ropa de deporte.

—Pues hemos llegado —dijo ella, frente a una casita blanca erguida en lo que parecía el punto más distante de la casa principal, con una gran ventana que daba al parque—. Era el estudio de él, te diría que su refugio, mientras tuvo fuerzas para caminar hasta aquí.

Algo se ensombreció en su tono y su mirada, como si por un momento brevísimo hubiera pasado delante de ella la imagen de una vida anterior, ya muy lejana. Le sonrió otra vez con esfuerzo y abrió la puerta, sin dejar que la perra se filtrara por detrás de ellos.

—¡Sascha! Tú te quedas fuera.

Merton siguió a Morgana dentro de una habitación con pisos de madera, que era por sí sola más grande que su departamento en Buenos Aires. Todo en ese estudio despejado y sobrio le pareció que tenía, sin embargo, algo del reposo, del orden, del cuidado de una mano atenta a los detalles, y Merton, que sabía muy bien de quién era esa mano, y que había vivido desde la adolescencia en soledad, tuvo una punzada de nostalgia por algo que sin saberlo le había estado faltando durante todos esos años: no era del todo nostalgia de lo «hogareño», sino más precisamente esto, que alguien hubiera hecho algo dedicado a él. Había un gran sillón Chesterfield de color caoba, un escritorio de roble en uno de los extremos con una computadora sobre el tapete verde y varias filas de estantes blancos con libros que no parecían haber sido abiertos. Ella siguió su mirada.

—Son los ejemplares que le llegan de las traducciones en distintos países. Y en esa pila sobre el escritorio te dejé todas las novelas que escribió hasta ahora, por si pueden ayudarte en algo. Pero ven que te enseño el resto.

El resto era una cocina en L sobre el bosquecito de pinos, con una cafetera, heladera y alacenas que Morgana abrió para revelarle la variedad de comidas y bebidas que había previsto para él, aunque —le dijo— no debía preocuparse por cocinar porque se ocuparía de enviarle al mediodía y a la noche la comida que hicieran en la casa, y estaba, por supuesto, invitadísimo a cenar con ella y su hija siempre que quisiera. Le mostró después el baño, con una colección de jabones, toallones y toallas y finalmente una segunda habitación, más pequeña, en la que sobresalía una cama ancha que parecía tendida esa misma mañana, con el olor fragante de las sábanas recién puestas.

—Te he liberado la mitad del armario y las cajoneras de esa cómoda. La ropa que te quites déjala en la bolsa y te la haré lavar.

Fue hasta la ventana, que daba también al bosque, y le mostró cómo cerrar los postigos de madera para que la habitación quedara a oscuras. La penumbra súbita le volvió a dar a Merton conciencia de la cercanía imantada de su cuerpo, de su respiración y su silueta próxima, casi en el borde de la cama. También ella pareció sentir algo de esa tensión equívoca porque volvió a abrir de inmediato las tapas de madera para que entrara la luz.

—Él se quedaba a veces a dormir aquí —dijo, y a Merton le pareció advertir una nota de ligero resentimiento en su voz, como una ofensa conyugal que nunca hubiera perdonado del todo—. En el último tiempo casi no tuvimos visitas, había empezado a juntarse polvo, me alegro de que podamos revivir la casita contigo. —Volvió al estudio y le dio una mirada a la vez crítica y orgullosa a todo, como si quisiera confirmar que no faltara nada y cada cosa estuviera en su sitio—. Bien, te dejaré solo ahora para que puedas acomodarte y dormir un poco, imagino que estarás cansadísimo. Él querrá verte, por supuesto, para darte el manuscrito. Tiene algo casi supersticioso, te diría que hasta paranoico, con esta última novela, me dijo que solo te la daría en mano. Ojalá pueda ser hoy. Se despierta a veces con días muy malos y buena parte del tiempo está sedado, veremos cómo se siente a la tarde. Le ha hecho ilusión que vinieras, lo noto reanimado desde que supo que harías el viaje.

Merton no pudo evitar preguntarse si tanto Núria Monclús como el propio A no tendrían expectativas exageradas sobre lo que él podría hacer con ese manuscrito. Algo en la actitud y el tono desapegado de Morgana le hizo intuir que quizá para ella esta misión no fuera tan importante en sí, sino solo por este beneficio inesperado en su salud, o que tuviera algún escepticismo secreto. Le parecía extraño que A no le hubiera revelado ya, entre las confidencias íntimas que acababan por salir a la luz en los matrimonios, lo que fuere que escondía. Pero quizá sí lo había hecho y ella no le daba tanto valor. De pronto a Merton le pareció que saber aquello podría darle una pista, y aunque sentía que se internaba en un terreno delicadamente personal se lo preguntó del modo más directo: en todos los años de matrimonio, ¿nunca le había hablado A de esa clave que se suponía que él debía encontrar?

—Qué va —dijo ella—, nunca hablamos de sus libros. —Y pareció divertirla la sorpresa que seguramente vio en sus ojos, porque todavía añadió, como si quisiera escandalizarlo—: Ni siquiera leí los últimos.

—¿Cómo puede ser? —preguntó él, intrigado.

—Es que me esforcé mucho por leer los anteriores, pero al parecer yo nunca lograba entender lo que había que entender. Y después... —dudó por un momento, como ante un campo minado de recuerdos desagradables que se había propuesto dejar atrás y aun así detonaran cada tanto. Pero enseguida alzó el mentón y siguió con el mismo tono de franqueza casi desafiante—. Después me empecé a encontrar en sus libros con algunas de sus amantes, apenas disimuladas. Te imaginarás que ya no me daban tantas ganas de leerlos. Claro que él tenía siempre la coartada de la ficción, pero no era muy agradable encontrar todos esos... detalles y no saber del todo cuánto podía ser verdadero. En una época estaba muy *solicitado*, por decirlo de algún modo. Desfilaban las zorras disfrazadas de estudiantes de Filología o periodistas culturales que sí aparentaban entenderlo. Y sin embargo, ya ves, parece que ellas, que simulaban mejor ser muy inteligentes, tampoco lo vieron. Lo único que sé es que él se fastidiaba sobre todo con los críticos: podía aceptar que los lectores rasos o incluso sus amiguitas intelectuales lo pasaran por alto. Pero la ceguera de la crítica profesional le parecía inaceptable. Cuando abría los periódicos y leía las reseñas de sus libros siempre se mortificaba, por muy elogiosas que fueran. No lo vieron tampoco esta vez, decía, y no puedo hacerlo ya más claro. Esto lo amargó bastante en los últimos años y también un poco a mí. ¿Por qué no pudo nunca valorar todo lo que sí tuvo y consiguió? ¿Por qué no puede simplemente agradecer y conformarse con esos miles y miles de lectores que le envían todo el tiempo cartas de admiración, aunque estén equivocados? ¿Por qué no le bastó tampoco estar en paz conmigo y con su hija en esta casa preciosa que tenemos? Creo que si tardó tanto con esta última novela fue porque quiso hacer un último intento, asegurarse, ya sabes, de ponerlo transparente. Pero en fin, con el tiempo empecé a pensar que quizá no sea más que un espejismo suyo, algo de lo que se convenció a sí mismo pero que nunca estuvo ahí. —Le puso súbitamente una mano sobre el brazo y Merton volvió a sentir, como en la noche de la fiesta, el poder subterráneo que tenía esa mano sobre él—. Así que no te preocupes demasiado si al leerla tampoco puedes decir nada: serás muy bienvenido al mundo de todos los demás mortales. Y te dejo ahora, que te he dado demasiado la lata y querrás dormir. Te enviaré a buscar más tarde, si él está con ánimo para recibirte.

Merton la vio alejarse, sin poder despegar la mirada de su figura mientras rodeaba la pileta hacia una entrada lateral por la galería. Quizá ella había querido poner a prueba exactamente esto, asegurarse de que él la había seguido mirando, porque antes de entrar en la casa giró de pronto y alzó de lejos una mano. Merton alzó también un poco la suya, avergonzado, y después se dio vuelta hacia su valija y la llevó hasta el cuarto. Colgó en el placard las tres camisas que había llevado y abrió el primer cajón de la cómoda para guardar el resto de su ropa. Le pareció ver en el fondo el lomo grueso de un libro, que quizá había estado escondido bajo la ropa, pensó al principio, o alguien hubiera olvidado allí. Lo sacó a la luz. Era una edición del Kamasutra muy hermosa, de tapa dura, con arabescos sutiles alrededor de la pareja desnuda y trenzada que era el dibujo de tapa. Adentro había ilustraciones en colores nítidos y brillantes de cada una de las contorsiones íntimas y anudamientos posibles, y quizá imposibles, porque algunas de las posturas tenían, como un asterisco de dificultad, la aclaración casi humorística: «Solo se aprende en la práctica». Se preguntó quién lo habría dejado en el cajón. ¿Habría sido A, cuando todavía escribía en ese estudio? ¿Alguno de los huéspedes que habían alojado? ¿O bien —aunque le pareciera al principio lo más improbable y perturbador— había sido la misma Morgana? ¿Podía ser que este fuera el último de sus detalles, su propio mensaje cifrado para él? ¿Cómo debía interpretarlo en todo caso? Se dio cuenta de que estaba tan cansado que su mente cedía a las esperanzas más remotas y a las posibilidades más fantásticas. Cerró los postigos como Morgana le había enseñado, se quitó los pantalones y cayó sobre la cama con el resto de la ropa puesta, sin fuerzas para seguir pensando.

# Seis

Lo despertó un lengüetazo húmedo en la mejilla y un rasqueteo frenético de patas sobre el borde del colchón. Abrió los ojos, sobresaltado, y vio de pie, en el marco de la puerta, a una adolescente que lo miraba con algo de diversión contenida. Se cubrió como pudo con la sábana y se sentó, todavía aturdido, tratando de calmar los embates de cariño de la perra, a medias encandilado por la luz de la puerta abierta y sin decidirse a mirarla otra vez.

—Perdona: llamé varias veces pero no contestabas —dijo ella, aunque no parecía muy arrepentida; Merton tuvo que preguntarse si habría golpeado tanto y, sobre todo, cuánto tiempo habría estado mirándolo—. Me ha enviado mi madre porque papá podría hablar contigo ahora, antes de que vuelvan a sedarlo.

Merton asintió y la miró por segunda vez. Buena parte de su fastidio y las últimas telarañas del sueño se disolvieron: no solo veía a una chica con la clase de belleza declarada, alarmante, en expansión, del paso a la adolescencia, sino que le pareció encontrar, en la mirada franca y algo irónica que ella le sostuvo como un breve duelo, un elemento de desafío intrigante, la clase de desafío peligroso que le hizo preguntarse cuántos años tendría y que, se dijo a sí mismo, debía por todos los medios desoír.

—Así que vos sos la tenista —dijo, y alargó la mano para rescatar sus pantalones.

—Así que vos sos el *emposhhón* —dijo ella, imitando en tono de burla su acento argentino.

Él no pudo evitar reírse.

—El empollón, sí, aunque no usamos esa palabra. ¿Podrías avisarle que voy en diez minutos? Debería darme una ducha y vestirme.

—No hay problema, te esperaré aquí en el estudio —dijo ella, y al darse vuelta Merton vio que alzaba en una mano, como un trofeo, el ejemplar del Kamasutra que él había dejado sobre la cómoda—. Miraré mientras tanto este libro que leías con ilustraciones tan bonitas.

—Ese libro no es mío —dijo Merton con la voz más firme que pudo impostar—. Y estoy seguro de que tus padres no te dejarían leerlo. Estaba escondido en un cajón.

—Pues yo te digo que sí me dejarían leerlo: me han dicho toda la vida que no hay en la casa libros prohibidos y que puedo coger el que quiera.

Merton se la quedó mirando, no muy seguro de cuánto había querido decir realmente ella con esto último. Sí se daba cuenta, en todo caso, de que no le devolvería el libro.

—Prometeme al menos que no vas a decir nada a tus padres de esto. Podrían creer que yo te lo di. Tu mamá se enojaría conmigo.

—Vale, vale, tranquilo —dijo ella—. Mi madre no se enfadaría tan fácilmente contigo. Me ha enviado a buscarte con más recomendaciones que si fueras el maharajá de Kapurthala.

Bajo la ducha, y todavía después, mientras se echaba alguna ropa encima, Merton le dio vueltas a la frase que había dejado escapar ella, como si hubiera tenido acceso por una rendija imprevista a lo que Morgana pensaba de él. Se la repetía con una felicidad todavía dubitativa. «Mi madre no se enfadaría tan fácilmente contigo» le parecía la pista más clara e inequívoca a su favor, la única que podía contar hasta ahora más allá de la simple hospitalidad, como si la hija, sin darse cuenta, le hubiera soplado durante el juego el valor de una de las cartas altas de Morgana. Frente al espejo, mientras se aplastaba con dos golpes de la mano el pelo húmedo, se preguntó si volvería a verla al entrar en la casa.

Cuando abrió la puerta, Mavi estaba tirada de lado a lado en el sillón Chesterfield del estudio, con las piernas desnudas despreocupadamente extendidas sobre uno de los brazos. Parecía absorta en el libro, pero al verlo se puso de inmediato de pie. La perra, que había quedado tendida a su lado, también se alzó y fue hacia él.

—Sí que has ido rápido, qué suerte tienen los tíos. Fíjate, no me has dejado llegar ni a la mitad, y se iba poniendo cada vez más interesante. Lo dejaré aquí antes de que llores, pero quizá un día de estos vuelva a terminarlo. Hala, vamos.

Al salir detrás de ella, Merton volvió a mirarla. La melena le oscilaba con un vaivén dorado de las puntas y le mostraba, bajo la luz declinante de la tarde, su cara resplandeciente, resuelta, sus facciones adorables y el destello de los ojos verdes. Tenía puesta una camisa varonil, demasiado grande, que quizá había tomado prestada del padre, pero Merton no dejó de notar, aun así, que había una segunda oscilación incipiente, indisimulable, que empujaba por dentro hasta entreabrir los botones. Quizá solo en esto se parecía a Morgana. O, en realidad, estuviera en la etapa de diferenciarse en todo lo posible, desde el pelo corto que le llegaba apenas más abajo de las mejillas hasta el modo algo andrógino de vestirse. También era muy distinto caminar a su lado. A Merton le pareció que había en su forma de adelantarse y señalarle el camino una impaciencia enérgica, casi explosiva, que había visto a veces en otras chicas del tenis. Bordearon a paso rápido la pileta, con la perra casi al trote junto a ellos, y Merton alcanzó a ver por detrás del alero que habían puesto ya la red en la cancha. Mavi le indicó una de las puertas de ingreso desde la galería y le hizo una seña a Sascha para que se quedara fuera.

—Tendremos que atravesar toda la casa porque mi madre le preparó una habitación especial junto al jardín de invierno, para que tenga algo de sol todo el año.

—Él... ¿está postrado? —preguntó Merton. Se dio cuenta de que nadie le había dicho hasta ahora cuál era la enfermedad de A.

—Cada vez le cuesta más caminar. Viene una kinesióloga por las mañanas, para que haga ejercicios. Pero lo cuida sobre todo una enfermera búlgara,

Donka, que está todo el tiempo a su lado, ya la verás, un sargento de caballería. Es la única persona a la que le hace caso, porque es dificilito mi padre también.

Atravesaron raudamente una sala inmensa, sobrecargada de sillones, estatuillas, máscaras, cuadros y recuerdos de viaje, y luego, en un recorrido laberíntico, cruzaron por delante de otras salas de paredes blancas, más despojadas y pequeñas. Una de ellas, cubierta de fotos y retratos en blanco y negro, le pareció a Merton que quizá fuera el estudio propio de Morgana: sabía que en alguna época ella se había dedicado a la fotografía. Descendieron finalmente unos escalones y Merton vio la estructura vidriada de un invernadero con senderos de terracota entre los canteros de flores y una puerta cerrada a un costado. Mavi golpeó con dos toques rápidos y casi de inmediato se asomó la sargento de caballería. Era en verdad una mujer intimidante, muy alta y corpulenta, con una expresión malhumorada, el pelo negrísimo y una cara pétrea, sorprendentemente hermosa, en la que brillaban, intensos, hundidos, unos ojos azules pequeños y crueles. Pareció estudiarlo desde su altura con algo de desprecio, como un policía que debe condescender de mala gana a dejar pasar a alguien por orden de un superior. Por detrás de ella vio una cama de hospital reclinable, con varias almohadas en la cabecera, y el brazo de A que se alzaba débil en una seña para que se acercara. Sintió sobre sí la mirada de unos ojos lúcidos, que parecían emerger con la última vida de la ironía de un cuerpo extrañamente rígido y ya casi descarnado: la forma de la calavera asomaba con sus filos y puntas premonitorias en los pómulos y la frente. Aun así a Merton lo sorprendió la voz, entera, cavernosa, todavía tonante.

—Qué joven es, por favor: *el futuro llega a visitar el pasado: ¿traerá nuevas balanzas y aparejos?* No me conteste, no me desanime. Ya me pasaron el primer informe sobre usted y sé que está muy bien instalado en mi estudio, y que habló también con Núria. Así que creo que podemos ir a lo nuestro. Siéntese, por favor, en esa silla y abra el primer cajón de la mesita.

Merton obedeció y extrajo del cajón lo que parecía un cuaderno muy grueso. Era en realidad casi una resma entera de hojas anilladas, con el título *La última vez* y el nombre de A escritos en la primera página, en sobrias letras impresas.

—Y bien, ahí está —dijo A—. Aquí es cuando yo debería callar y dejar que usted se lo lleve y simplemente *lea*. Pero no me resisto a decirle algo sobre el título. Ha leído, supongo, alguna de mis novelas anteriores, ¿no es cierto?

Merton, a quien le costaba también incluso la pequeña mentira social, confesó que solo había leído una, la del premio español, y logró omitir a último momento que la había terminado hacía apenas unas horas.

—Solamente una. Y justamente esa —dijo A, con algo de sarcasmo que Merton no hubiera sabido decir si era hacia él o hacia sí mismo—. Espero no haberme equivocado al pedirle que viniera. Aunque tal vez sea mejor así. Que usted esté, digamos, desprevenido. Y al fin y al cabo la que leyó es la que dio origen a todos los equívocos. Cuando mi mujer me mostró sus reseñas y supe de su formación matemática pensé que quizá usted fuera la persona indicada, pero lo que en realidad me decidió a llamarlo, como si fuera una coincidencia demasiado imperiosa para pasar por alto, fue que en una de esas reseñas usted mencionaba los relatos sobre la escena literaria de Henry James. Supongo que recordará *La próxima vez*.

Merton, que había leído en una época de arrebato muchos de los cuentos de Henry James, y tenía una memoria ágil y segura, tuvo que reconocer que no solo no lo recordaba sino que nunca había escuchado de ese relato, ni registraba siquiera haberlo visto en un índice. A hizo un gesto de impaciencia, como si hubiera perdido otro tercio de las esperanzas en él, pero condescendió a una explicación.

—En esa historia hay dos escritores contrapuestos: una señora Highmore, que no puede dejar de tener éxito con cada uno de sus libros, y un escritor oscuro, Limbert, de un genio no reconocido, que acumula simétricamente fracaso tras fracaso. Cada uno quisiera algo del otro. La señora Highmore, que sospecha algo infame en su éxito infalible, desearía tener alguna vez un fracaso «espléndido». Y Limbert, a su vez, apaleado por sus demasiados fracasos espléndidos, se propone escribir peor, para alcanzar algún día un éxito como los de la señora Highmore. Pero la ironía de la historia es que solo están al alcance de Limbert las obras maestras: por más que lo intente y se esfuerce en degradarse y se prometa que *la próxima vez* lo hará aún peor, lo único que sale de él, lo único que puede dar de sí, son obras geniales e incomprendidas. Y bien, lo que me ocurre a mí desde que gané ese premio infausto con la novela que usted leyó es que soy *al mismo tiempo* Limbert y la señora Highmore.

Aunque Merton estaba acostumbrado a las altas cumbres de vanidad de los escritores argentinos, se preguntó si A no habría dado un paso más, hacia la franca megalomanía, y quiso asegurarse de lo que había escuchado.

—¿Quiere decir que usted escribe obras geniales, que deberían ser más bien incomprendidas, pero en cambio son leídas como si las hubiera escrito esa horrible señora Highmore?

Al escucharse a sí mismo pasado en limpio por boca de otro, A hizo una media sonrisa amarga y pareció retroceder un paso.

—No sé si son geniales, y a esta altura de mi vida ya no me importa: no creerá que lo hice venir hasta aquí para forzarlo a soltar adjetivos, justo a usted, que por lo que pude ver los tiene bajo siete llaves. Lo que sí me importa es que alguna vez, *alguien*, lea estrictamente lo que quise decir. Que lea en la clave correcta. Porque tiene que ver con eso: con acertar la clave, como frente a un pentagrama. ¿Es mucho pedir para más de cuarenta años dedicados en cuerpo y alma a la literatura? Yo también pensaba al principio, como Limbert, *la próxima vez*, *la próxima vez*, y trataba de hacerlo más claro en cada nuevo libro. Pero con los años me fue ganando la desesperación. Y ahora ya no hay próxima vez. Esta novela que acabo de darle fue mi última oportunidad.

—Pero entonces, ¿podría decirse que es algo así como un patrón que repite de libro en libro?

—Es algo que repito, sí, aunque de formas ligeramente distintas: a veces es dos más dos más tres, a veces es cinco más dos, a veces es tres más cuatro. Pero, por supuesto, no se trata de un *mensaje*. No es tampoco algo que se pueda extraer y despejar como el valor de una incógnita al final de una ecuación. No es una fórmula, ni un precipitado. Más bien al contrario: quien lo sepa ver, verá al mismo tiempo que cada frase de cada libro era necesaria. Es mi método, pero es más que un método; es mi «modo», pero más que un modo. Es, en definitiva, la razón por detrás de cada palabra que escribo. Tal vez usted se haya enfrentado alguna vez a esos cuadros de colores y formas abigarradas que cuando se dejan de mirar fijamente, al dar un paso atrás y entornar un poco los ojos, revelan como en otra dimensión una segunda imagen completamente distinta y todo lo que parecía a primera vista exceso, error, confusión, encuentra en la nueva figura que emerge su sentido preciso.

Merton, que sí se había puesto a prueba en alguna ocasión con esas ilusiones ópticas de breve furor en plazas y muestras de artistas callejeros, creyó entender lo que A quería decirle, aunque veía también una primera dificultad.

—Pero dar ese paso atrás, ¿sería posible en la lectura? Porque frente a una imagen están todos los elementos a la vez. Pero durante la lectura la figura es siempre huidiza, siempre algo está pendiente, por delante. La forma completa solo se despliega en el tiempo. ¿No requeriría leer todo desde el principio otra vez?

—O darse al menos el tiempo de reunir en la memoria lo leído al finalizar. Ese sería el paso atrás suficiente. Pero supongo que un lector entrenado, y mucho más un crítico, podría incluso intuir esa segunda figura en algún momento de la lectura, igual que un lector inteligente puede anticiparse al final de una novela policial. Lo curioso es que aunque recibo cartas de lectores inteligentes todo el tiempo, que me señalan tal o cual error sutil y que, diría, han leído con la máxima atención, ninguno hasta ahora llegó ni remotamente a verlo.

—Pero eso... —dijo Merton, pensativo— podría deberse a un problema de velocidad. Leí una sola de sus novelas y no quisiera generalizar, pero tuve la sensación de que era llevado en andas, demasiado rápido, como si sobrevolara regiones sin poder verlas del todo en detalle.

A asintió, como si Merton hubiera dado cerca del blanco.

—Una vez un crítico, el único que estuvo cerca de intuirlo, escribió también algo así: dijo que yo era *demasiado* entretenido. Entretenerse, ya se sabe, es algo que puede sacar de las casillas a cualquier crítico, en el sentido más literal. Él usó una imagen parecida a la suya: dijo que al leer mis novelas sentía que se deslizaba como por sobre un lago de hielo, con toda clase de paisajes que aparecían y desaparecían alrededor y que lo distraían de mirar en todo caso cualquier figura sumergida que pudiera haber por debajo. En fin, supongo que este hombre no estaba enterado de que podía usar la quilla para frenar. Espero que usted sí sepa al menos esto. Espero que sea lo que se supone que debe ser un crítico: un «demonio de sutileza», alguien capaz de «sentirlo todo, comprenderlo todo, y explicarlo todo».

Merton se removió, algo inquieto, con el manuscrito sobre las rodillas.

—Pero aun si llegara a «comprenderlo todo», ¿podría explicarlo a continuación? Usted me dijo que no es algo que pueda reducirse a una fórmula. Quizá tampoco a un artículo, como espera Núria Monclús.

—Si usted llega a *verlo*, lo sabrá enteramente, como una revelación. No tendrá dudas al reconocerlo. Y alcanzaría una sola frase para que yo, al menos, supiera que usted lo entendió. Lo que pueda o quiera escribir después sobre esto no es algo que ya me importe tanto. Pero supongo que sí, que usted podría ingeniárselas para resumirlo en un artículo. Y ahora váyase, antes de que acabe por decírselo yo mismo. Lo único que le pido, encarecidamente, es que se apure en leer. No sé cuánto me queda. Los médicos me dicen que escribiré todavía otra novela, pero ya no se animan a mirarme de frente. Y yo, ahora, siento a la muerte dentro de mí, instalada, paciente, como un ocupante que avanza dentro del cuerpo por las noches. *Casa tomada*. No creo que logre siquiera ver esta novela publicada, así que espero haber acertado con mi último lector.

A le hizo un gesto de despedida y Merton se puso de pie con el manuscrito bajo el brazo. Cuando abrió la puerta encontró a Donka recostada contra la pared del pasillo, fumando un cigarrillo. Le pareció ver algo arrogante y displicente en su manera de exhalar hacia arriba el humo, como si se hubiera adueñado de aquel sector de la casa y solo esperara a que él desapareciera para volver a cerrar con llave. Merton había escuchado suficientes historias sobre enfermeras que se apropiaban con sigilo de enfermos terminales hasta guiarles la mano en nuevos testamentos, pero sospechaba que no era este el caso. Entonces, ¿qué? Cruzó una mirada al pasar a su lado y ella separó el cigarrillo de la boca, con el mentón todavía erguido y el cuerpo desafiante proyectado hacia el frente. Sintió sobre sí el fulgor frío de sus ojos desdeñosos y otra vez tuvo la impresión de que esa mujer debió haber sido imponente y codiciada alguna vez, y que algo de ese orgullo sobrevivía como un espectro en su pose y su manera de mirar. ¿Podía ser que hubiera, entre A y ella, alguna oscura y secreta concertación sexual a espaldas de Morgana, los verdaderos últimos oficios? O quizá más simplemente, se dijo, A había llegado, como un Iván Ilich, a ese exilio final en que se prefiere apartar a los familiares y se busca como última compañía los brazos seguros, impávidos, de los enfermeros y de la morfina.

Hacia el final del pasillo se dio cuenta de que no podía orientarse del todo en el camino de regreso. Eligió casi al azar doblar a la derecha y atravesó varias estancias hasta reconocer el estudio de fotografía. Había más allá una puerta entreabierta, iluminada, con un recuadro de vidrio esmerilado. Escuchó el roce de un cepillo y vio al pasar el reflejo de Morgana, que se peinaba frente al espejo. Ella abrió un poco más la puerta y le dejó ver el vestido breve y escotado que se había puesto, con unos breteles negros muy delgados sometidos a un bello esfuerzo. Se inclinó todavía un poco hacia delante para comprobar de cerca algún detalle de las pestañas, antes de girar hacia él con el cepillo golpeando rítmicamente a un lado y otro las puntas del pelo húmedas.

—Iba a llamarte para la cena —dijo, y señaló el manuscrito que él cargaba—. ¿Cómo te ha ido con él? ¿Estaba de buen humor? Y habrás conocido a Donka... En lo único que coincidimos últimamente con Mavi es en odiarla. Pero pasaron tantas ya. Al menos esta parece sobrellevarlo.

—Sí: con la ley marcial —dijo Merton. Morgana se sonrió un poco, como si la complaciera tenerlo de su lado.

—También lo has notado, ¿verdad? Es que todo se volvió muy difícil en los últimos tiempos. Fue él quien insistió para que lo pusiéramos allí, apartado. Hubo una época en que no quería que yo lo viera, apenas me dejaba entrar para darle la comida. Y tampoco dejaba que Mavi se acercara, fue muy duro también para ella. Decía que se sentía ya de otra especie: la especie moribunda. Creo que le rondaba la idea de suicidarse. —Por primera vez la voz de ella tembló, pero había de todos modos un destello de enojo en sus ojos, y Merton se preguntó si ella no lo habría tomado como un agravio, una última humillación—. Lo único que lo sostenía, lo único que le interesaba, era terminar... eso. —Y miró el manuscrito con una especie de aversión, como si fuese la verdadera razón del distanciamiento entre ellos—.

Tuvimos que acostumbrarnos las dos, cada una a su manera, a vivir sin él. Pero en fin, estarás famélico supongo, sigue por este pasillo y verás el comedor. Yo iré a llamar a Mavi, a ver si se digna a cenar con nosotros. Y si no, pues muy bien también: seremos tú y yo solos.

# Siete

Mavi sí se dignó a acompañarlos, y aunque apareció un poco más tarde, como si le hubiera costado tomar la decisión, Merton registró que incluso había condescendido a cambiarse la camisa a cuadros por otra blanca, lisa, vagamente china o japonesa, cerrada al cuello. También, pero esto lo descubrió solo en una segunda mirada, era posible que se hubiera maquillado un poco, lo mínimo como para que no se notara. Para que no lo notara ¿quién?, se preguntó de inmediato. ¿La madre, con la que libraba quizá una lucha de femineidades y a la que no querría complacer arreglándose demasiado? ¿O él mismo, para que no llegara a creer que algo de ese retoque furtivo le estaba dedicado? Como fuera, por uno de estos trucos invisibles, sus ojos verdes tenían ahora algo de ascuas orgullosas y refulgentes, y casi dolía mirarlos.

Cuando se sentó a la mesa, Merton observó que Morgana la trataba con una delicadeza afectuosa pero algo tensa, como si estuviera frente a un mecanismo complicado e imprevisible, siempre a punto de estallar. O como si decidiera decretar unilateralmente una tregua, sin saber si el otro bando la acataría.

Antes de que llegara, Morgana ya había servido para los dos la primera copa de vino, ya habían brindado entre ellos —y Morgana había sido enfática en que la mirara a los ojos al alzar las copas—, ya habían empezado el primer plato, un soberbio carpaccio de atún rojo que Merton se contenía por no devorar, porque finalmente no había comido nada en todo el día. Pero aun así, cuando Mavi hizo su entrada en escena, Morgana no dejó traslucir ningún fastidio. Se puso de pie para buscar otra copa y le sirvió una medida que iba mucho más allá de lo que necesitaría para que brindaran otra vez los tres. ¿Había sido un gesto de buena voluntad o la dejarían tomar ya a la par de los adultos? Merton se preguntó otra vez cuántos años tendría Mavi. Quizá alguno más de los que él había supuesto. O quizá las costumbres en esa casa no eran demasiado estrictas. Entrechocaron otra vez las copas y todo pareció ir bien al principio. Morgana le preguntó por la ciudad donde había nacido y él contó, como tantas otras veces, de su padre preso, del exilio con su madre en el sur y el cambio de nombre, su triste historia sudamericana que despertaba de ese lado del océano la clase de piedad inevitable que detestaba. Pero en esta ocasión tuvo algo que agradecer, porque en los ojos conmovidos de Morgana la compasión se transmutaba —quizá por los primeros efectos del vino— en una buena coartada para que apareciera por debajo una segunda complicidad equívoca, que su brazo extendido sobre la mesa transmitió de manera casi involuntaria, tocando por un brevísimo instante el dorso de su mano. Mavi, notó él, también había sido muy consciente de aquella rápida caricia ambigua y cuando apartó la vista y tomó otro sorbo de su copa, Merton pudo observar su rictus de desagrado. Trató entonces de incorporarla a la conversación y contó algo de su segunda vida inesperada como aspirante a tenista y de sus primeros viajes de torneo en torneo. Al principio ella lo escuchó con la displicencia apenas educada de su edad, como si él hablara de tiempos remotísimos, incomprobables (y en parte tenía razón: Merton había confesado que sus primeras raquetas eran de *madera*); pero en algún momento él contó al pasar que durante el año que había intentado el circuito juvenil europeo lo habían contratado como sparring de un jugador español de Copa Davis. Apenas mencionó su nombre todo en la actitud de Mavi cambió. Este jugador, por las carambolas no tan infrecuentes en el mundo con pocos grados de separación del tenis, había abierto una escuela de alto rendimiento al retirarse y había sido el primer entrenador de Mavi. Ella repitió algo incrédula el nombre, con una sorpresa en la que había también un poco de admiración, y le dedicó una mirada breve pero intensa de redescubrimiento asombrado.

—Pero entonces no juegas «un poco», como me dijo mi madre. ¿Qué ibas a hacer con ella en la pista, si la pobre ni sabe sacar?

Lo había dicho sin crueldad, y justamente por eso, pensó Merton, sonó tan cruel. Giró apenas la cabeza para mirar la reacción de Morgana y ella le hizo un pequeño gesto secreto para que se despreocupara y forzó un tono alegre.

—Pues yo os veré jugar desde la piscina. Ya sabes que echo de menos, Mavi, verte otra vez feliz dentro de la pista.

—*Nunca* estuve feliz dentro de la pista. Ni fuera —dijo Mavi con rencor.

Morgana retiró los platos y se levantó con serenidad, para refugiarse por un minuto a espaldas de ellos en la cocina. Merton, que había hecho un primer gesto para ayudarla, se quedó en su sitio bajo la mano imperativa de ella. Por un ángulo de la puerta, mientras seguía la conversación súbitamente animada de Mavi —ella le contaba ahora, en su propia exhibición de credenciales, su raid de triunfos en menores, y sus ojos verdes implacables lo retenían una y otra vez—, la vio abrir el horno y quedarse después cruzada de brazos, inmóvil, sin decidirse a sacar la fuente, como si se esforzara en un ejercicio zen en el que debía contar respiraciones una tras otra. Merton sucumbió en el minuto siguiente al despliegue atropellado y la risa de Mavi, al gesto inconsciente y frívolo de llevarse el pelo detrás de una oreja, a las caras graciosamente dramáticas con que subrayaba cada tanto una frase. Se descubrió de pronto riendo a la par de ella, redoblando sus bromas con otras, imitando su acento español como hacía ella con su entonación argentina. Los dos callaron cuando vieron reaparecer a Morgana. Sostenía con algún esfuerzo una fuente alargada con un risotto de pollo y setas que dejó por un momento sobre la mesa antes de empezar a servir. Fue entonces, cuando ella se inclinó para pedirle el plato, que se desencadenó el desastre, porque Merton, que se había arrancado con dificultad a los ojos de Mavi, no pudo hacer del todo lo mismo con los pechos que rodaron sólidos y triunfales hacia él desde el escote de Morgana. Pendían apenas contenidos, hipnóticos, con el relieve nítido de los pezones, sobre el borde plateado de la fuente: *en una bandeja lunar, sus senos semidesnudos.* Y Morgana parecía demorarse a propósito en servirle. Merton, que había leído lo suficiente de física para saber que la atracción entre los cuerpos espaciales no era un efecto mágico a distancia, sino más bien una deformación del espacio de acuerdo a las masas —tal como las bolas de billar al hundir una sábana tendida se atraen entre sí—, creía que algo parecido ocurría con el poder de esos ondulantes atributos femeninos. A partir de cierto volumen, a partir de cierta desnudez, eran insoslayables y podían perturbar drásticamente el espacio de atención, con una onda gravitatoria irresistible que percibían por igual hombres y mujeres, aunque a veces con distintos signos. Pero conocer la ley de gravedad no lo ayudaba a detener, por supuesto, la caída libre. Lo arrancó de su contemplación el grito agudo y dolorido de Mavi, que alzaba el tenedor apuntando a su madre.

—¿Por qué eres siempre así? ¿Por qué le pones las tetas en las narices? ¿No tienes ya bastante con el otro?

Merton supuso que fue sobre todo ese «otro» la puñalada decisiva. Morgana dejó caer la fuente sobre la mesa y pareció a punto de gritarle algo, pero quedó por un momento aturdida, en un silencio espantado, y en vez de eso se volvió hacia él, temblando de furia y consternación.

—Por favor, no le hagas caso: no sabe lo que dice.

—Claro que sé muy bien lo que digo. ¿O te piensas que no me doy cuenta de por qué llegas tarde todo el tiempo? ¿No me has llamado hoy mismo para que fuera a despertarlo a él porque «llegabas tarde» otra vez?

—Estaba haciendo la compra para la cena —dijo Morgana, cortante—. Para esta puta cena. —Se había dejado caer en su silla y Merton pudo ver que bajaba los ojos para retener las lágrimas—. Lo que no entiendo es en qué momento te convertiste en alguien tan horrible.

Mavi tiró la servilleta sobre la mesa y saltó de su silla.

—Horrible eres tú. Y patética. Y desesperada. Pero te dejo sola con él, que es lo que de verdad querías.

La vieron desaparecer en un pasillo y en el silencio prolongado que siguió Morgana se ensimismó en su copa de vino y le pidió que empezara a comer, aunque ella ni siquiera se sirvió en su plato. Merton advirtió, en ese primer retraimiento absorto, el daño de largo alcance que había conseguido Mavi con una sola palabra, como si su instinto le hubiera señalado la detonación única y precisa para hundir todos los puentes entre ellos. Ahora el hecho, para Merton absolutamente indiferente, de que Morgana tuviera o no un amante, estaba expuesto como un cadáver entre los dos y la forzaría a sobreactuar, tanto si lo negaba como si lo reconocía. Si protestaba enfáticamente que era falso y juraba una fidelidad virtuosa para no aparecer a sus ojos como una mujer que engañaba a su esposo enfermo, tendría que sostener en consecuencia frente a él esa misma fidelidad por algún tiempo, quizá más del que tendrían en esos pocos días. Pero si le confesaba que sí tenía un amante después de todo, debería simular también alguna fidelidad en segundo grado a ese amante, para que él no pensara, como había dicho Mavi, que «era siempre así», e iba tan fácilmente de hombre en hombre. En cualquiera de los dos casos la intrusión de ese tercero invisible —y Merton casi podía sentirlo ya— la alejaría de sí. Desde su silla, ella también parecía luchar por emerger de su silencio con alguna palabra que pudiera atenuar la nueva incomodidad entre los dos.

—Espero que no hayas creído nada de eso —dijo por fin—. Está en plena fase bélica.

De modo que ella había elegido el camino más largo de la virtud, pensó Merton, decepcionado, y hubiera querido soltarle la simple verdad masculina. ¿Qué podría importarle a él si era falso o era cierto? *Ven con un hombre en la espalda / ven con cien hombres en la cabellera / ven con un río lleno de ahogados*. ¿Por qué fatal malentendido de la especie, más insondable seguramente que el acertijo de A, a ella sí parecía importarle lo que él pensara, como si debiera cuidar una imagen ante sí misma?

Hizo lo que pudo en su respuesta para intentar dejar algo en pie. Le aseguró que por supuesto no había tomado en serio nada de lo que había dicho Mavi, pero se arriesgó a agregar, tratando de reencontrar sus ojos, que de todos modos le parecería también «más que razonable» que en la situación de ella, durante esa enfermedad tan larga de A, se le hubiera cruzado alguna vez esa posibilidad.

—Sí, eso es lo que hubiera hecho un hombre. Y al segundo día —dijo ella, con un desprecio que dejaba sin embargo un margen interesante de duda. Merton creyó entender lo que decía la letra oculta en ese margen: que ella había resistido largo tiempo, un número de días incomparablemente mayor que dos, quizá meses o años, y si había cedido por fin, no había sido como los cerdos de los hombres, sino como la mujer íntegra pero al cabo «humana» que era. Merton había escuchado varias veces esa clase de recitado de mujeres casadas en los entretiempos de sus clases de tenis y se dijo que si ella quería que él la viera así, por su parte no tenía problemas, solo que todo sería mucho más difícil, y quizá a la larga imposible. Pensó qué más podría decir para reanimar la conversación, pero antes de que se le ocurriera nada volvió a hablar ella.

—Hasta ha conseguido que me avergonzara de cómo voy vestida —dijo, y se alzó inconscientemente los breteles cuando él volvió a mirarla, para dejar bien guardados sus superpoderes. Él protestó que no debía hacerle caso e hizo un elogio torpe del vestido, cuando en realidad solo había prestado atención a lo que dejaba afuera.

—Sí, ¿verdad? Es muy bonito, y hacía tanto que no lo usaba. Es que ya casi no salgo ahora —dijo ella apenada, como si hubiera desaprovechado la ocasión.

Se puso de pie para traer el postre y aquello fue casi todo. Aunque la crema catalana que trajo en dos platitos le pareció a él extraordinaria, e hizo todo lo posible por alabarla, tuvo que tomarla como un premio consuelo porque ella estaba ya distraída, clausurada. Solo probó un par de cucharadas de la pequeña porción que se había servido y dejó el resto, a la espera de que él terminara. Después le permitió que levantara con ella la mesa, pero únicamente, pensó él, para que todo acabara más pronto. Apenas dejaron los platos en la cocina ella adujo que aquella escena espantosa de su hija la había dejado con dolor de cabeza, y le pidió disculpas por retirarse temprano.

—Soy una chica nocturna —le dijo— y me sabe mal irme ya a la cama. Pero otro día nos quedaremos a charlar con un café o un whisky, ¿vale? —Y le dio dos besos rápidos de despedida en las mejillas.

Él tuvo que conformarse con ese roce ligero de sus labios, con la ráfaga huidiza de su perfume y aquella promesa vaga. Recogió la novela de A, que había dejado sobre una silla, y mientras caminaba hacia la casita, escoltado lánguidamente por Sascha, volvió a preguntarse cuántos días tendrían por delante. Dejó al entrar el manuscrito sobre el escritorio y fue a prepararse un café en la cocina, decidido a concentrarse en la lectura y a recordar el consejo de Núria Monclús de no dejarse distraer demasiado por Morgana.

Cuando volvió con el café al estudio en penumbras, antes de prender la lámpara, vio enfrente, en la gran casa, no una, sino dos luces encendidas en diferentes ventanas. ¿Cuál era la de Mavi? ¿Cuál la de

Morgana? Pensó que la primera en apagarse, si la excusa que había dado era cierta, debía ser la de Morgana. Pero cuando terminó el café y miró otra vez hacia la casa, oculto por la noche detrás del vidrio, las dos luces seguían tercamente encendidas, imperturbables, como si ninguna de las dos quisiera ser la primera en ceder. Se sentó de espaldas a la ventana, prendió su propia lámpara y abrió el gran cuaderno anillado en la primera página.

# Ocho

Apenas empezó a leer, y tal como le había ocurrido en el avión, Merton sintió que se precipitaba desde las primeras páginas a una corriente irresistible, como si algo lo arrastrara en un brusco envión hacia aguas profundas en las que no valían ya ninguno de sus instrumentos de orientación. ¿Cómo lograba A *hundirlo* de esa manera y por segunda vez? No era exactamente por la astucia de la trama, aunque A —y Merton se daba cuenta al caer en ellas— no desdeñaba tender redes sutiles, tensar un hilo de suspenso, soltar alguna carnada cada tanto. No era tampoco el «tema»: por lo que parecía, la novela era algo así como el desfile tragicómico de enfermeras contratadas para un profesor de filosofía en la hora más desnuda de una enfermedad terminal. Este rastro autobiográfico no podía sorprenderlo, por supuesto, pero sí era intrigante que A hubiera empezado esa novela siete años atrás, ¿quizá como una premonición?, ¿quizá por un primer anuncio de su enfermedad?

Al terminar el primer capítulo, en el breve resquicio de lucidez antes de sumergirse en el segundo,

Merton decidió que el encantamiento tenía que ver sobre todo con la voz malévola y tonante de A que casi podía oírse por detrás: como en la historia de Simbad, el viejo del mar se había encaramado insidiosamente a sus hombros para atenazarle el cuello con las dos piernas, y ahora lo espoleaba, feroz, hacia delante. Sí, era el desparpajo, más allá del bien y del mal, la impunidad final con que lanzaba, como rayos despiadados, las verdades más crudas, la risa lúgubre contra todo y contra todos, la danza macabra del viejo damo indigno.

Aparecía en este segundo capítulo, trastocada por la crueldad, una esposa muy joven a la que Merton no pudo sino darle el rostro de Morgana, y casi se alegró de que el profesor de filosofía no tuviera también una hija, porque todo parecía caer degradado bajo su sarcasmo. Sobrevivía sin embargo, impúdica, desatada, como la única pasión en pie, la exaltación sexual, el obsceno pájaro de la noche. Merton podía imaginar a A, detenido en medio de una frase con la mano en alto, repitiéndose en voz alta: *¡Fornicación!*, casi como un grito de guerra, y con una carcajada contenida, como el viejo escritor insomne de la película *Providence*. La novela, pensó Merton, simulaba el género de la confesión «a toda costa», al modo en que se había propuesto san Agustín sin llevarlo del todo a cabo, aunque por la comicidad oscura y la nota sexual recurrente hacía evocar más inmediatamente *La conciencia de Zeno*, de Svevo, o incluso en partes a *Historia de mi vida*, de Casanova.

En algún momento, poco después de empezar el séptimo capítulo, Merton advirtió que a sus espaldas las dos luces se habían apagado. Se levantó de la silla, entumecido, con dolor de espalda, y miró hacia fuera la noche profunda, los árboles quietos, el rectángulo ahora negro de la pileta. No había siquiera advertido que los capítulos eran realmente largos y que había estado inclinado sobre la novela por más de dos horas. Decidió tenderse en el gran sillón Chesterfield como había hecho Mavi, para seguir leyendo con las piernas en alto sobre uno de los brazos. Aquello fue fatal. Lo próximo que escuchó, primero todavía entre sueños, fue un repiqueteo, un retumbo bajo y familiar. ¿Alguien golpeaba a lo lejos? Sí, pero de una manera particular, a la vez insistente y rítmica. Por un momento, abrazado todavía al sueño, volvió a ver el frontón del club donde había ensayado sus primeros raquetazos y casi pudo acomodar los golpes como si los diera él mismo contra la pared. Pero el retumbo cada vez más sonoro, implacable, terminó por despertarlo del todo. Se vio a sí mismo vestido en el sillón, con el manuscrito caído a un costado, y afuera la luz alta de la mañana. Se levantó, sobresaltado: los golpes, vibrantes, inconfundibles, eran sobre su puerta. Se asomó a la ventana y vio a Mavi, con un vestido de tenis, que practicaba voleas cortas contra el bastidor de madera.

—¿Cómo es que duermes hasta más tarde que yo? ¿No habíamos quedado a las once? Venga, cámbiate ya y te estaré esperando en la pista, practicaré un poco de saque mientras tanto, que hace tiempo que no juego.

Merton, que no recordaba del todo si verdaderamente habían quedado en jugar, protestó que necesitaría al menos tomar antes un café y consiguió un plazo de gracia de quince minutos.

—Pero no tardes más —dijo ella—. Mi madre ha bajado al centro y dijo que volvería para la comida, no quisiera por nada del mundo que de verdad nos viera.

Cuando Merton caminó hacia la cancha vio que Mavi se había puesto una visera de un verde flúo y tenía un canasto de pelotas ya casi vacío a su lado. Contempló todavía de lejos el estiramiento grácil y demorado hacia lo alto de su brazo para dejar la pelota suspendida en el aire sobre su cabeza, el lento amartillar hacia atrás de la raqueta y la manera en que su cuerpo se arqueaba, preciso y tenso, antes de lanzarse hacia arriba para desatar el movimiento en tirabuzón y golpear la pelota empinada en puntas de pie; su ojo afilado de entrenador aprobó y admiró todo. Mavi se dio vuelta al verlo llegar, le cerró el paso a Sascha y le señaló en el banco una variedad de raquetas. Él eligió una, comprobó la tensión del encordado y movió a un costado las pelotas que habían quedado sembradas de su lado mientras caminaba hacia la línea de fondo. Empezó un peloteo largo, tendido, al principio cruzado. La derecha de Mavi se abría en un semicírculo alto y su mano izquierda se estiraba para apuntar la pelota, antes del latigazo controlado con que devolvía cada golpe, todavía a media potencia. Merton aumentó de a poco la velocidad y sin que cambiaran una palabra ella se acopló al nuevo ritmo, como en la primera figura de una danza fácil en que los dos estuvieran perfectamente coordinados. Las pelotas de ella le llegaban ahora rápidas, en parábolas de topspin cada vez más rasantes, y él, que había pasado el último tiempo con alumnos torpes y primerizos, no podía sino admirar el remolino preciso de su cuerpo al cubrirlas y cómo las tomaba con seguridad casi displicente, a veces de sobrepique. Le indicó con un gesto el revés y en un cambio de paso pronto estaban otra vez absortos en un cruce acompasado y parejo, el segundo movimiento de la misma danza, con un acuerdo más profundo de los cuerpos al desplazarse. El revés de Mavi era a dos manos y al avanzar la rodilla para afirmarse él podía ver la pierna desnuda hasta el muslo, su musculatura nítida, el relumbre de sus ojos verdes sobre el filo de la raqueta y la pequeña explosión de su pelo en cada impacto. Cuando empezó a probarla con golpes más fuertes y esquinados notó que ella llevaba la rodilla casi al suelo para resistir agazapada y soltaba un gemido de esfuerzo, pero aun así no retrocedía, con algo de gladiadora que se aferraba con las dos manos al puño de la espada. Fue entonces hacia la red y le lanzó voleas alternadas a cada lado. Vio con un íntimo asentimiento el juego rápido de sus piernas y la rotación instantánea de su cuerpo, con algo de mecanismo de resorte; ahora, más cerca de ella, no podía dejar de ver también que en la contorsión de cada giro el top que clausuraba sus pechos bajo el vestido, ya algo transpirado, empezaba a revelar las formas aprisionadas por debajo. Ella, por su parte, ensayaba tiros cada vez más enardecidos para pasarlo, todavía sin decir una palabra, ensimismada en un furor reconcentrado, quizá algo impaciente porque él lograba bloquear y devolver todas las pelotas sin dejarle un hueco. Finalmente logró perforarlo, con un revés paralelo que tomó con un salto de anticipación casi acrobático y estrelló contra la línea. Merton la vio respirar, agitada, orgullosa de sí misma, con el pecho que le latía fuertemente.

—Ya veo por qué te contrataron de sparring, eres un jodido frontón. —Fue al banco a tomar un trago de agua y se quitó la visera para pasarse el dorso de la mano por la frente—. Y bien, ¿jugamos un set, o qué? —le dijo con una sonrisa desafiante.

Merton hubiera preferido que este momento no llegara, que simplemente hubieran seguido peloteando de esa manera muda y concertada, como dos pianistas profesionales que ya desde el primer encuentro, sin haberse visto nunca, pueden ejecutar a cuatro manos toda la partitura. Hubiera preferido seguir mirándola en esa coreografía exigente y privada que parecía revelarla de otra manera, más adulta, en posesión de un saber hecho de mil diminutas sincronías, movimientos y detalles. Merton, que estaba tan habituado por sus dos trabajos a detectar sobre todo el error, la incongruencia, el exceso o la falta, podía descansar los ojos en ella y solo admirarla, como en las ocasiones cada vez más raras en que sus defensas cedían a la maestría de una novela y volvía a leer en estado de contemplación, con el deslumbramiento y el rapto silencioso de la adolescencia. Pero ahora debería ganar o perder, y sabía bien que en cualquiera de los dos casos, en el afán y la reabsorción de cada uno vuelto sobre sí mismo contra el otro, algo de esa comunión íntima de los cuerpos se perdería.

Mavi hizo girar la raqueta para el sorteo de lados. Ganó él y eligió sacar. Merton había tomado buena nota en sus inicios de uno de los primeros consejos que había recibido: el saque era el único golpe que dependía enteramente de uno mismo y el único, también, que podía perfeccionarse a solas. En un ejercicio estoico de paciencia y concentración que se había prolongado mientras jugó torneos, había aprovechado cada cancha que quedaba libre para llevar su canasto y practicar por horas ángulos y efectos; con el tiempo el saque se había convertido en su aliado más confiable durante los partidos. Ahora, en la cancha de cemento, podía contar además con la ventaja de que el pique sería más veloz. Mavi, que esperaba encogida y alerta, a duras penas pudo tocar los dos primeros. Consiguió devolver el tercero, pero con una pelota corta y débil que la dejó muy expuesta; cuando corrió a cubrir su revés él pudo definir fácilmente con una derecha cruzada a contrapierna. En el cuarto punto ella logró conectar una devolución profunda y sostuvieron un intercambio largo, tenso, en que ella lo atacaba con golpes cada vez más furiosos y arriesgados sobre las líneas, y él devolvía como podía a la carrera, sin dejarle del todo un claro. Cuando Mavi finalmente tomó la red, Merton jugó *in extremis* una pelota sibilina con *slice* a sus pies que ella no logró levantar del todo y dejó en la faja. Vio su gesto apenas contenido de mal humor y cuando se cruzaron para el cambio de lados ella evitó mirarlo, como si estuviera ansiosa por ir a la línea de saque a recuperar el game perdido.

Pero lo que ocurrió, en los juegos siguientes, fue

la repetición con algunas mínimas variaciones de ese esquema inicial. Mavi lo atacaba todo lo que podía, en largos cruces ardorosos que él resistía, hasta que inevitablemente o bien ella, por impaciencia, la enviaba fuera de las líneas con un mandoble demasiado esquinado, o bien —pero esto sucedía muchas menos veces— ese último remate furibundo entraba y lograba ganar el punto con una pelota fuera del alcance de Merton. Así, de a poco, en esa proporción fatídica, ella se derrotaba a sí misma y dejaba ir los games de su saque. Y cuando le tocaba servir a Merton perdía todavía con más facilidad, porque apenas lograba devolver uno o dos de los saques de él. Pero además, a medida que avanzaba el set, Mavi se hundía en una espiral de irritación, de recriminaciones a sí misma, de gritos en voz alta, y golpeaba cada tanto la raqueta contra el suelo. Merton no podía, al verla, dejar de verse a sí mismo en los torneos júnior, enredado en sus propias rabietas y madejas de nervios. Hubiera querido decirle que todo pasaba, o alguna palabra a través de la red, pero sabía muy bien, porque había estado demasiadas veces en esos pequeños infiernos, que ella no querría escuchar nada. Aun así, algo ocurrió durante el cambio de lados, cuando Mavi debía sacar 0-5 abajo. Merton la vio sentarse por primera vez en el banco y dejar la raqueta a un lado. Se secó la cara con una toalla, resopló con fuerza bajo el rayo del sol y, como si estuviera molesta con su ropa, pasó una mano por dentro del escote de su vestido y en un solo movimiento hábil se quitó por atrás el top antes de volver a empuñar la raqueta. Sus pechos, desarrollados, altos, enhiestos, quedaron en buena parte al descubierto por el escote del vestido. ¿Lo había hecho a propósito? Ahora, con el movimiento del saque, sueltos dentro del vestido, se tensaban y adquirían vida propia. Merton no pudo dejar de seguir, en el jeroglífico del golpe, esa segunda torsión semioculta, como si al caer ella sobre la pelota pudieran saltar afuera, y en esa mínima distracción no alcanzó a responder el saque. En el segundo tanto, apenas recibió su devolución, Mavi se lanzó a la red en una carrera sorpresiva. Él los tuvo otra vez agitados, movedizos, muy cerca frente a sí, y no alcanzó a conectar del todo su *passing-shot*, que se fue muy largo. Se sintió de pronto como si estuviera en medio de una novela de Gombrowicz, solo que en vez de «Muslos, muslos», se veía obligado a repetir para sí mismo: «Tetas, tetas». Porque, ¿no había acaso un patrón deliberado en la nueva estrategia de Mavi, una continuación intencionada, tetas contra tetas, de la lucha de la cena anterior? ¿Y no estaba él también «hechizado», resignando un punto tras otro, por seguir esos vaivenes gemelos que Mavi traía a la red en avances cada vez más arrolladores? Perdió el game, y aunque ella no dijo nada, él advirtió cuando le pasó las pelotas que le daba la espalda para ocultar una sonrisa. También advirtió que ahora esperaba su saque más adentro de la cancha, y que se inclinaba en un ángulo pronunciado hacia delante. ¿O eran solamente ideas suyas? Por suerte para él, a la distancia más segura de la línea de fondo, algo del encantamiento se rompía. Logró volver a concentrarse lo suficiente para calibrar otra vez su saque y

—tomando la precaución de no volver a mirarla ni una vez— cerró con cuatro tantos seguidos el set. Mavi, como si se le hubiera extinguido en el acto todo el fastidio, fue hacia la red para estrecharle la mano con su modo burlón. A Merton casi le pareció que se declaraba íntimamente ganadora de algo.

—Debo aprender a devolverte ese condenado saque que tienes —dijo—. Pero creo que ya sé cómo jugarte la próxima vez.

Caminaron juntos hasta el banco y Mavi se dejó caer, extenuada, con los brazos abiertos y extendidos. Merton vio su piel a contraluz bajo el sol, brillante, erizada de transpiración, y cómo se deslizaban las gotas desde su cuello escote abajo del vestido por el canal profundo entre sus pechos.

—Mira cómo me has dejado: toda sudada —dijo ella, y se pasó una mano con despreocupación—. Debo apestar.

—No digas eso —dijo él, y lo dijo de una manera tan decidida que ella hizo asomar los ojos verdes sobre la toalla que se pasaba ahora por la cara y lo miró con curiosidad. Merton la miró a su vez y confesó, con su manera franca y directa—: A mí me gusta ese olor.

—Vaya cosas dices —dijo ella, y rio avergonzada—. Nunca lo había escuchado así, abiertamente, creí que solo a mí me pasaba y no se lo hubiera dicho a nadie, pero sabes, a mí tampoco me disgusta del todo.

—Qué bien —dijo él—, porque yo corrí mucho más y seguro apesto peor.

Ella rio y le tiró la toalla. Merton se sentó a su

lado y conversaron bajo el sol del mediodía, mientras recuperaban el aliento. Era un martes y Merton le preguntó si no debía estar en el colegio. Ella le contó que hacía muy poco había abandonado el circuito de torneos, con el ciclo escolar ya empezado, y por ese año todavía le tocaba el programa de educación a distancia de los tenistas júnior. Pero sus padres, «o más bien mi madre», había remarcado ella, ya le estaban buscando colegio allí mismo en Pedralbes. Había usado cierto tono rencoroso al referirse a sus padres y Merton le preguntó con cautela si la habían presionado demasiado en uno u otro sentido. Qué va, dijo ella con una sonrisa culpable, siempre han sido asquerosamente buenos conmigo. Merton le preguntó entonces cómo había llegado a la decisión de abandonar los torneos. Mavi por primera vez se puso seria e hizo una mueca mortificada, como si todavía le doliera volver sobre aquello. Él, que también había pasado por esa ordalía privada, se sintió otra vez, como al verla gritar en la cancha, extrañamente cercano: creía poder adivinar cada una de las estaciones que ella había atravesado. Le contó algo de su propia decisión, de su propio desgarramiento al abandonar, y la vio asentir al reconocer parte de su misma historia. Hubo un silencio y después, casi sin mirarlo, ella se confió a él en una ráfaga de palabras doloridas que —le dijo como si depositara en Merton el mayor de sus secretos— por primera vez decía en voz alta. Así estaban, hablando por lo bajo, muy próximos el uno al otro, cuando escucharon el grito entusiasta de Morgana, que los saludaba desde el alambrado.

—¡Qué bien que hayáis jugado al fin! Aunque llego demasiado tarde y creo que me lo he perdido.

Merton vio que Mavi recogía las raquetas y vaciaba el banco con un gesto reprimido de disgusto, para salir cuanto antes. Morgana, que estaba delante de la puerta, la vio pasar y miró con algo de sorpresa el top enredado en la toalla, pero la dejó ir sin decirle nada. No había la menor sombra de sospecha o reproche cuando se dirigió a él y le advirtió, alegremente, que no comiera mucho en el almuerzo, porque Núria Monclús los había invitado a los dos a cenar esa noche en el Botafumeiro.

# Nueve

Cuando Merton salió de la ducha, y mientras se preparaba un café, dispuesto a saltearse el almuerzo, escuchó un roce de uñas y un golpe blando en la puerta. Al abrir encontró a Sascha, que movía con orgullo la cola y traía en la boca una pequeña canasta trenzada con doble tapa de mimbre y una nota prendida en el collar. *De todas maneras, algo deberías comer*, decía el papel, con la letra armoniosa de Morgana. ¿Era solo un detalle más de su hospitalidad perfecta o debía leerlo como un mensaje, una señal velada de reanudación, una forma de decirle que no se olvidaba del todo de él, para que él tampoco se olvidara del todo de ella?

En la canasta había pan con tomate, fuet y un par de sándwiches de jamón de bellota, además de una porción de la crema catalana de la noche anterior. Merton no se dio cuenta del hambre que tenía hasta que devoró todo. Fue después con un segundo café al escritorio y buscó la página en que había dejado la novela. Estaba seguro de que la invitación a cenar de Núria Monclús no era del todo inocente, y que ella querría que le contara algo de lo que había leído. Retomó la lectura, decidido a llegar al menos hasta la mitad del manuscrito. Muy pronto estuvo tomado otra vez del cuello: la enfermedad del profesor de filosofía progresaba, en su lento trabajo de zapa, y era necesario contratar a una kinesióloga para contrarrestar los avances de la atrofia muscular.

El día fijado de su llegada —por primera vez— notaba el profesor, su enfermera de tiempo completo, la inexpugnable Helga, parecía algo intranquila. El profesor, que, aun con parte del cuerpo inmovilizado y las fuerzas debilitadas, había luchado con bromas, promesas y argucias durante los dos capítulos anteriores para obtener alguna limosna sexual de la madura pero aún formidable Helga, estudiaba con una cómica seriedad puntillosa la nueva situación a la luz de la *Fenomenología del espíritu* de Hegel, como una versión en clave enfermo-enfermera de la dialéctica señor-siervo. El profesor reconocía que por culpa de su abyecto y maldito deseo sexual —que la edad no lograba extinguir y fulguraba en su enfermedad más indomable que nunca— Helga se había convertido en su ama. Ya desde el principio, en su condición de enfermo, él había tenido que ceder a manos de ella su cuerpo, su desnudez patética, su indefensión. Pero Helga también se había adueñado de sus pensamientos, por el simple truco de no decir a sus avances ni que sí ni que no, de esquivar su mano estirada con una única frase ambigua *—qué diría la señora—* y de dejarle ver cada tanto, como el recuerdo de la comida a un perro de Pavlov, algún fragmento de desnudez. A veces era un botón desprendido cuando se inclinaba sobre su cama con los sedantes; a veces la abertura promisoria de las piernas, más allá del confín de las medias, al sentarse frente a él mientras le tomaba la presión; a veces su trasero majestuoso, hermético, que le rozaba la cara al inclinarse para ajustar la sábana. Sí, debía reconocer con humillación que si bien desde afuera alguien podría pensar que, por la posición del empleo, el señor era él, la débil cadena del dinero —que ni siquiera sostenía del todo, porque los arreglos y los pagos habían quedado en manos de su esposa— se había retorcido dialécticamente en un lazo de servidumbre por esa otra mercancía elusiva que se ponía y se quitaba cada día frente a sí con su valor de cambio enigmático. Pero ahora, por fin, de una manera impensada, el profesor veía un rayo de oportunidad. La kinesióloga —que también había elegido su mujer— era una chica radiante, inesperadamente hermosa, o tal vez solo muy joven, que para el profesor ya era con melancolía lo mismo. Apenas la vio —y apenas sorprendió la mirada de rechazo y disgusto de Helga cuando la hizo pasar— tuvo el germen de una idea, y le pidió con voz firme a Helga que los dejara solos. Era la primera vez en mucho tiempo que usaba ese tono de voz con Helga y ella lo miró con sorpresa y rencor, pero no tuvo más remedio que dejar la habitación, aunque —el profesor estaba seguro— se quedaría muy cerca de la puerta.

Aquí terminaba el capítulo y Merton, suspendido en el aire superfino y fuera del tiempo de la lectura, sin siquiera alzar los ojos por un momento, se lanzó a la página siguiente. El profesor, a solas con la joven kinesióloga, se enteraba de su nombre, Lila, y con una sola mirada le parecía poder absorberla por completo, como si todo en ella estuviera enteramente a la vista, puesto de la manera más transparente y franca en la superficie pulida y todavía sin fallas de la juventud. Una parte de sí miraba y admiraba su cuerpo espigado, fortalecido seguramente en deportes saludables o gimnasios espartanos; su postura derecha y firme del manual del kinesiólogo, que lanzaba sin temor al frente los pequeños dardos de sus pechos; sus facciones delicadas, que no lograban afear un tatuaje en el cuello ni el corte asimétrico y «moderno» de su pelo. La otra parte de sí, más intrigada, comprobaba que aun así, y a pesar de que la chica parecía encantadora en cualquier sentido posible, ninguno de esos encantos llegaba a perturbarlo, como si por una vez fuera extrañamente resistente a la irradiación femenina. Se preguntó por un momento, mientras la veía armar delante de él su camilla con movimientos seguros y eficientes, si Helga, en la posesión más extrema, habría succionado de él, como un súcubo, la totalidad de sus pensamientos sexuales, si no le habría, literalmente, «sorbido el seso», hasta dejarlo exánime frente a cualquier otra mujer. O bien, si lo que actuaba en este caso como antídoto era ese algo demasiado reluciente y flamante en la juventud de ella. Como fuera, más allá de la primera sorpresa, el profesor estaba agradecido por esta inmunidad imprevista, que le permitiría llevar adelante con más facilidad su pequeño plan. Porque, liberado de la carga siempre equívoca y peligrosa de la tensión sexual, podía ser otra vez ocurrente, amable, leve, educado, podía volver a su ser «civilizado», tal como cuando daba clases en la universidad y envuelto en su traje virtuoso de catedrático no se permitía que sus alumnas fueran otra cosa que alumnas. Se dejó ayudar por ella a bajar de la cama, pero se sostuvo heroicamente de pie sin permitir que lo asistiera y probó incluso un paso o dos en el aire, llevado en vilo por su aliento entusiasta. Muy pronto, en la sucesión monótona de repeticiones de ejercicios, en el sube y baja de la patita que extendía hacia ella como si fuera un perro, él pudo intercalar sus pequeñas bromas e ironías, averiguar algo de su vida, auscultar a la vez con cuidado y audacia los resortes que la hacían reír. Solo esto se proponía por ahora, que ella riera, cada vez más alto, de modo que esa risa abierta, juvenil, desprevenida, le llegara a Helga detrás de la puerta. Y, paradoja de paradojas, ahora que había despejado para sí mismo la variable sexual, podía incluso deslizar algún chiste de doble sentido, alguna ligera indecencia y ella, confiada, segura, reía todavía más fuerte, fingiendo solo a medias escandalizarse, y le daba ligeros golpecitos cariñosos de reproche en el hombro o en la pierna.

En este punto terminaba otro capítulo y Merton, que se hubiera precipitado al siguiente, recordó la frase despectiva de A sobre los críticos y el uso de la quilla para frenar. Se forzó a detenerse y pensar. ¿Había un segundo significado que debía penetrar por debajo del paso de comedia sexual que parecía prepararse? ¿Debía tomar acaso más en serio —y no como una mera nota de verosimilitud— la referencia a la *Fenomenología* de Hegel? Hasta donde recordaba de sus lecturas universitarias en la preparación de su trabajo sobre dicotomías, la oposición señor-siervo era una metáfora de la que se valía Hegel para hablar de otra cosa: de la conciencia vuelta sobre sí misma versus la conciencia del mundo. ¿Querría A indicar que también su propia versión enfermo-enfermera, o la relación de posesión y poder alrededor de la mercancía sexual, aludían en realidad a algo diferente? Pero ¿qué podría ser en ese caso? ¿Debía mirar la sucesión previa y descartada de enfermeras como el código encriptado de alguna disquisición filosófica? Merton, que encontraba algo pueril la literatura de índices y emblemas, las flechas disimuladas a símbolos y los mapas del tesoro con huellas dactilares del autor, esperaba que no. Más aún, le irritaba un poco haberse detenido, porque sabía que era algo que no hubiera hecho con cualquier otro libro, y se preguntó si el encargo, y toda la charla con Núria Monclús y después con A, no empezaban a contaminarlo. Ya leer con un propósito —lo sabía muy bien— era el talón de Aquiles de cualquier crítico, la deformación inevitable contra la que debía luchar, y parte de su trabajo desde que leía de manera profesional era olvidarse por completo durante la lectura de que debía rendir cuentas a continuación. Ahora debería ser capaz de olvidar además que esperaban algo de él, y que era un huésped en la casa del autor del manuscrito. Con todo, cuando volvía a considerar la novela de A que había leído en trance durante el viaje en avión y el primer tercio de esta tan distinta —aunque tan indudablemente de la misma mano—, tenía que reconocer que algo quizá se le había escapado antes y se le estaba escapando otra vez ahora, como si las dos novelas murmuraran por debajo en una segunda lengua que cesaba de oírse cuando trataba de prestar atención. Había algo más, sí, por detrás de la voz tonante y el tema sexual, pero ¿qué era? Lo que fuera que había perdido en el camino con la novela anterior —y que él había atribuido, sin pensar demasiado, a una cuestión de velocidad— quizá fuera exactamente lo que debía encontrar en esta, el patrón del que le había hablado A. Y también, se dijo, debía volver a leer por las dudas la discusión sobre señorío y servidumbre en la *Fenomenología del espíritu*. Seguramente A tendría el libro en su biblioteca, aunque no recordaba haber visto ninguna en las estancias que había atravesado de la casa. En esto pensaba, con los ojos tendidos al rectángulo azul y sedante de la pileta, cuando vio a Morgana, que avanzaba desde la galería con una bikini roja, anteojos de sol, un sombrero de playa y una toalla prolijamente doblada. Ella también lo vio y le hizo desde lejos un saludo, o una seña que no alcanzó a entender. Enseguida dejó todas sus cosas en el borde, probó con un pie el agua y se lanzó resuelta de cabeza, con algo de flecha breve y certera. Merton la vio emerger un instante después, dando unas brazadas de *crawl* largas, controladas, elegantes, con la estela de espuma de los pies apenas insinuada. Su cara, que giraba rítmicamente sin perder la línea, arrastraba por detrás la mata oscura de pelo empapado y dejaba ver por un instante, como una dentellada brevísima, la boca que se abría y cerraba. Cuando llegó al otro extremo de la pileta Merton la vio hacer bajo el agua la vuelta de campana de los nadadores olímpicos y cruzar otra vez de regreso, delante de sí, en un deslizamiento calmo, seguro, hipnótico. Cuántas veces pasó ella frente a él, Merton no hubiera podido decirlo, pero sí que en ese tiempo suspendido en el tiempo que duró su ejercicio no podía dejar de mirarla, y no hubiera logrado de ningún modo regresar al libro. Cuando ella por fin salió del agua, chorreante, y echó hacia atrás con las dos manos la cortina pesada de su pelo y todavía lo sacudió con los brazos erguidos en lo alto, Merton desvió la mirada, por temor a que ella lo sorprendiera en la contemplación de todo lo que su malla diminuta, ahora empapada, traslucía y remarcaba.

Trató de fijar la vista, mientras ella se secaba, en el número negro del capítulo a continuación, pero apenas unos segundos después escuchó sobre el césped el roce de sus pies desnudos que se aproximaban y la vio llegar, con la toalla apenas cubriendo los hombros, para tocarle la puerta.

Cuando abrió ella se frotaba la punta del pelo con la cabeza hacia un lado.

—Lo que trataba de decirte es que te vinieras a la piscina, el sol en un rato se va y el agua estará más fría. Todavía no te has metido, ¿verdad? Deberías aprovechar este veranito de octubre, no durará mucho más.

Merton por un momento no logró decir nada, arrasado por su cuerpo tan próximo, con los pechos tensos, pesados, y los pezones que sobresalían, indudables, endurecidos por el frío, las gotas de agua que todavía le resbalaban y más abajo el triángulo oscuro y enrulado del pubis que se dejaba ver a través de la tela mojada. Aunque estaba descalza le pareció, plantada delante de él, extrañamente alta y poderosa, con algo intimidante de divinidad primitiva. Cuando por fin logró articular la primera palabra, señaló de una manera bastante patética el manuscrito que lo esperaba y adujo, torpemente, que no había logrado avanzar mucho y que debía recuperar algo del tiempo que había perdido con el tenis de la mañana. Algo de esta respuesta suya pareció sorprenderla, o incluso ofenderla un poco.

—Claro, claro —le dijo, dispuesta ya a retroceder—, no deberíamos molestarte tanto.

Él protestó que de ningún modo era así, que era solo porque esa noche quería decirle algo a Núria de lo que había leído, y que nada le gustaría más que meterse al día siguiente, aunque por lo que había visto sería difícil ir a su ritmo en el agua. Se decidió incluso a decirle parte de la verdad: que no había podido dejar de mirarla durante todo el tiempo que ella había nadado y que se había preguntado, por la elegancia de su braceo, si ella habría estado en algún equipo de natación. Este rapto de admiración declarada consiguió que ella volviera a sonreír, casi para sí misma.

—Qué va —dijo—. Es algo de mi familia. Mi padre, vete a saber por qué, creía que había tres cosas que debías saber hacer en la vida, fueras varón o mujer: nadar, conducir un coche y disparar un arma. Yo aprendí dos de las tres y estuvo bien porque él —e hizo un gesto ambiguo hacia la casa— de conducir, nada. Pero bueno, te dejo trabajar ahora y voy a tomar un poco de sol antes de que se vaya del todo. A las siete te espero en la entrada para salir.

Merton logró preguntarle, antes de que se fuera, si habría algún ejemplar que pudiera consultar de la *Fenomenología* de Hegel en la biblioteca de A.

—Creo que sí había —dijo ella, con algo de pesar—. Pero él quiso deshacerse de todos sus libros cuando empezó esta última novela. Dijo que ya se los había cargado encima como un camello durante demasiado tiempo. De todos modos no están muy lejos: los donó a la biblioteca del monasterio de Pedralbes, a cinco minutos de aquí. Puedes ir cualquier día a verlos. Mavi lo ayudó en su momento a hacer una lista, pregúntale a ella, debe estar guardada en algún lado.

La vio darse vuelta y caminar de regreso al borde de la pileta, donde quedaba todavía un rectángulo menguante de luz. Se sentó de espaldas a él, arqueó los hombros para desanudar por detrás el corpiño de su bikini y se tendió boca abajo con la espalda desnuda y solo la mínima línea roja entre los muslos que dividía los dos hemisferios nítidos, algo más blancos, también descubiertos por completo. Merton se dio cuenta de que de ningún modo podría seguir leyendo con aquel cuerpo tendido por delante, de que estaría alerta y miserablemente cautivo, incapaz de concentrarse, imantado tanto en la quietud como en el menor movimiento que ella hiciera. Sí: también él, reconoció, igual que el profesor, estaba a punto de caer en un lazo de servidumbre. Con un esfuerzo de voluntad se arrancó de la silla junto a la ventana y se refugió con el manuscrito entre los brazos del sillón, parapetado en un extremo desde donde ya no la veía.

# Diez

A las siete en punto Merton escuchó el deslizamiento de ruedas en la grava y el ronroneo del motor en la entrada. Un breve llamado de bocina lo arrancó del capítulo que leía. Dentro del auto, cuando Merton cerró la puerta y esperaban inmóviles a que el portón se descorriera, en la súbita intimidad de los asientos tan próximos y la exhalación honda de su perfume, Morgana giró hacia él en una sonrisa silenciosa su cara acentuada por el maquillaje, como si quisiera poner a prueba el efecto que le causaba o aguardara una palabra suya de admiración. Merton creyó reconocer que se había peinado como en la noche de la fiesta dos años antes, con el pelo tirante recogido hacia lo alto, que le dejaba el cuello y los hombros al descubierto. Como fuera, en la manera elaborada de pintarse los ojos, en los pómulos aguzados y la gargantilla de plata que le daba un aire egipcio, otra vez ella había mutado, y otra vez Merton sintió al mirarla y encontrar brevemente sus ojos la subyugación penosa que ejercía sobre él en cada una de esas nuevas formas y encarnaciones. Se había puesto un vestido negro corto y neto, que se subía sobre los muslos en el juego alternado de sus sandalias romanas sobre los pedales, y el cinturón de seguridad cruzado hacía asomar de perfil la curva vehemente de su pecho.

Cuando ya en la bajada de la cuesta ella le preguntó, con un tono que le pareció irónico, por qué estaba tan silencioso y si había logrado leer todo lo que se había propuesto, Merton dejó pasar la primera de las preguntas y contestó a la segunda que se había asegurado de leer lo suficiente para poder nadar al otro día. Esto era cierto: había llegado algo más allá de la mitad y había quedado desconcertado, y en ascuas, sobre el giro del último capítulo: casi le habría pedido a ella, si hubiera tenido más confianza, que se retrasaran unos minutos para terminarlo. El profesor de filosofía había llevado adelante con paciencia y astucia su pequeño plan. En el tercer día de sus ejercicios había logrado que Lila le hiciera las primeras confidencias y a mitad de la sesión, cuando ella le hizo masajes sobre la camilla, friccionando con fuerza y precisión sus piernas entumecidas, soltó gemidos de dolor y placer, no del todo fingidos, pero sí lo bastante insistentes como para asegurarse de que Helga, detrás de la puerta, los oyera también. Cuando despidió a la kinesióloga hasta el día siguiente y dejó que Helga entrara otra vez al cuarto, exageró también, pero apenas un poco, el buen humor que sentía: solo con ver su cara retraída, entre la suspicacia y el desconcierto, supo que había logrado cortar el nudo gordiano de la sumisión y que había insertado, como una cuña, un tercer término, para que de a poco, por fuera de sí, empezara a desplegarse una nueva dialéctica de oposiciones entre las dos mujeres. Le bastaba en realidad la sombra de la duda en la mente de Helga, el movimiento reflejo de comparación, que crujiera la confianza en la dominación que había creído inmutable. Ahora, insegura de cuánto había conseguido él de esa otra más joven y desvergonzada en apenas tres días, y de cuánto más obtendría en una semana, el profesor casi podía ver cómo reexaminaba sus posiciones, cómo durante la tarde, en su modo sutilmente más hosco, esquivo, ofendido, el trabajo de los celos causaba los primeros estragos. Y cómo empezaba a considerar, en el afán de conservar el poder, si no debía perder algo para no perderlo todo.

En el capítulo siguiente, esa misma noche, el profesor vio por fin su plegaria atendida: al ayudarlo a subirse el pantalón de su pijama, la mano de Helga rozó por sobre el calzoncillo, muy cerca de la abertura, la carne adormilada. Otras veces ya, como parte del estricto racionamiento de sus mendrugos, Helga se había divertido en tocarlo apenas así en el último momento de la noche, solo para ver de reojo el lento desperezarse de su erección antes de clausurarla con la sábana. Pero esta vez su mano quedó posada de una manera inequívoca, como si ella quisiera, al palpar, asegurarse de algo o confirmar una sospecha. Qué le había hecho esa buscona, le preguntó de la manera más directa, para que estuviera tan muerta. El profesor, sorprendido, contestó con la verdad, aunque le agregó un matiz desafiante: todavía nada. Helga lo miró a los ojos, como si quisiera descifrar si esto verdaderamente era cierto, y no del todo convencida deslizó la mano dentro de su calzoncillo y extrajo a la luz la cosa-en-sí. El profesor, palpitante, se sintió autorizado a avanzar en simetría su propia mano hacia la tierra prometida y esta vez ella no se apartó, sino que incluso se desprendió con la mano libre dos botones del delantal para que él pudiera hacer saltar más fácilmente una de sus tetas enormes fuera del corpiño. Lo que sucedió después, sin embargo, tuvo para el profesor algo de la irrealidad de un mal sueño, de la separación y el desapego del cuerpo respecto de la mente, como si se hubiera alejado en un viaje astral rasante apenas unos centímetros de su propio ser y estuviera observando un espectáculo grotesco. Porque aunque él ahora apretaba y sostenía en la mano ese pecho pesado, como había hecho en su vida tantas veces, y se veía llevar a la boca con la sed de siempre el infalible pezón, podía percibir al mismo tiempo, en un divorcio fatal, que algo fallaba en la parte crucial de sí que Helga amasaba y apretujaba con una mano evidentemente experta, aunque sin conseguir insuflarle vida propia. Sí: asistía anonadado a la contemplación de lo tan ansiado hecho real, aconteciendo ahí afuera, sin lograr percibir dentro de sí el circuito de reconexión eléctrica a su cuerpo. *Muerta*, había dicho ella, y aquella palabra ahora se interponía, insistente, como un acúfeno maligno. A medida que los movimientos de Helga se hacían cada vez más impacientes, el profesor no podía dejar de ver en sus intentos, en su delantal de enfermera abierto, pero no quitado del todo, las maniobras desesperadas e inútiles de una reanimación *post mortem*. Tuvo que reconocer que ella lo estaba ensayando todo: la había apresado para friccionarla entre sus tetas, como si se propusiera encender con paciencia de *boyscout* una ramita en el bosque, y después se la había llevado con decisión y método a la boca, pero aun eso había fallado. Finalmente se la había sacado, casi escupido, con disgusto, y lo había mirado entre el rencor y el desprecio. *Ya ni sirve para hombre*, le dijo, y se había puesto de pie mientras se abotonaba el delantal, doblemente irritada, porque había dado mucho más quizá de lo que se había propuesto en esa transacción inútil.

A solas, en el cuarto a oscuras, el profesor tuvo que reconocer que esa última frase de ella lo había lastimado más de lo que hubiera imaginado y que todavía cavaba dentro de sí con la crueldad impávida de un bisturí, una capa tras otra. *Ya ni sirve para hombre*. ¿Sería entonces este el primer final y la anunciación del otro? Sintió en la noche un terror casi infantil, abrupto, que lo invadía desde el pecho hasta estrangularle la garganta, como si la muerte se hubiera dejado ver sobre sí con su reloj escurridizo de arena. Trató de evocar como un talismán, como un antídoto, el primer momento, todavía luminoso, en que Helga se había abierto el delantal, inclinada, ampulosa, sobre él, y quiso poner a prueba con su propia mano si todavía podría devolver al calor de la vida, aunque más no fuera así, aquella nueva zona inerte. Pero su mano, su única mano todavía con algún vigor, tampoco respondía ya del todo, había perdido irremediablemente, tal como ya le había ocurrido con la otra, parte del reflejo prensil y de la fuerza necesaria siquiera para ceñirla y apretarla.

*Muerta*, había dicho ella. *Muerta. Muerta*. Entonces, con naturalidad insidiosa se abrió paso en sí la idea del suicidio. Acudió a él en su crudeza y desnudez tentadora, con las armas servidas que siempre habían sido sus favoritas: la lógica y el desapego ecuánime de la razón. ¿Hasta dónde dejaría avanzar esa muerte en vida? ¿Quería ser al final un párpado que se cerraba o abría para decir sí o no? ¿En cuánto tiempo más perdería incluso la fuerza para poder quitarse la vida por sí mismo? Estaba seguro de que ya no podría empuñar la vieja escopeta de la casa familiar que había ocultado al principio, en la confirmación del diagnóstico, para cuando llegara este momento, casi como un gesto romántico o como una precaución excesiva, y que había olvidado por tres largos años. Todavía seguía en su lugar, pero ya no podría buscarla ni mucho menos amartillarla por sí mismo. Pero sí era capaz aún de alzar un vaso y tragar una píldora. Se preguntó si Helga lo ayudaría. Sabía que con su mujer no podría contar para esto. Cuando todavía era estudiante de grado, al profesor le había parecido una hipérbole en el fondo frívola la cuestión del suicidio que planteaba Camus en *El mito de Sísifo* como primer dilema para la filosofía, pero a cada libro le llega su momento, pensó, y se propuso releerlo al día siguiente: al fin y al cabo en filosofía los primeros dilemas eran también los últimos.

En esta página Morgana lo había llamado para que saliera y Merton tuvo que abandonar la lectura. Pero ahora, dentro del auto, algo del recuerdo perturbador de las últimas líneas volvió a él y cuando se detuvieron por un instante en un semáforo se decidió a hablarle.

—¿Puedo hacerte una pregunta personal?

—Claro que sí —dijo ella, con un matiz de burla, como si lo desafiara a ver cuán lejos podía llegar, o como si esperara desde hacía tiempo la primera de esas preguntas.

—¿Hasta qué punto avanzó la enfermedad de él? Alcancé a darme cuenta cuando lo vi de que parecía algo impedido físicamente, como si le costara mover los brazos, y me preguntaba si podría valerse del resto de su cuerpo de la cintura para abajo, y si quizá, cuando quiso apartarte, fue porque ya, ya...

Hizo un gesto en el aire sin conseguir terminar la frase y ella apretó los labios en una sonrisa forzada.

—Sí que era personal. La verdad es que no lo sé del todo porque hace tiempo que él ya no quiso... intentarlo más. Te diría que aun antes de que decidiera mudarse de cuarto. Y ahora creo que tampoco lo querría averiguar, es la clase de información que prefiero no tener. Pero ¿por qué me lo preguntas? ¿Acaso aparecen cuestiones tan íntimas en la novela? Por Dios, espero no ser uno de los personajes.

Morgana lo miró por un instante como si buscara una confirmación, antes de volver a fijar la mirada en el tránsito de la avenida, pero Merton prefirió eludir la pregunta con otra.

—Las ideas que le rondaban sobre el suicidio, ¿podrían tener que ver con esto? ¿Aparecieron antes o después de que contrataran a esa enfermera, Donka?

—Aparecieron... después. Pero ¿qué estás sugiriendo? ¿Que ella quiso darle esa clase de ideas? No tendría mucho sentido: después de todo él es su gallina de los huevos de oro.

Merton pensó que sería inútil, y demasiado sórdido, contarle el resto: era al fin una suerte y una decisión sabia de ella que hubiera dejado de leer los libros de su esposo. Y sin embargo, sintió que debía hacerle una pregunta más.

—El protagonista de la novela es un profesor de filosofía con una enfermedad degenerativa bastante similar, creo, a la que tiene él. Y en el capítulo que estaba por acabar recién hay un detalle que me dejó preocupado: ¿tiene él acaso un arma, una escopeta que perteneció a su familia?

—Tenía un arma, sí, pero era un revólver de esos de tambor y seis tiros, creo que lo había heredado de su padre. Cuando me di cuenta de que le rondaba la idea del suicidio lo busqué por toda la casa, aunque nunca pude encontrarlo. Después, por suerte, creo que se le pasó, cuando pudo avanzar con esta última novela.

Una escopeta en lugar de un revólver, pensó Merton, y Helga en vez de Donka: A sometía a una prueba muy dura su convicción como crítico de separar siempre rigurosamente la ficción de los posibles rastros biográficos. ¿Podía ser esta clase de rastros y paralelismos con su propia vida parte de la clave que debía encontrar? ¿Y que A lo hubiera atraído tan cerca de sí, dentro de su propia casa, para darle servidas las pistas, para que él viera más fácilmente las semejanzas?

Merton descartó esta posibilidad apenas terminó

de formulársela: la novela que había leído en el avión le había parecido claramente ficticia parte por parte, y aun en el borde del género fantástico. Y por lo que había leído al pasar, en las solapas y contratapas de la pila que le había dejado Morgana, las otras novelas de A eran un recorrido bastante asombroso de mundos y géneros muy dispares, desde el Bildungsroman hasta la novela de campus e incluso una novela de espionaje y otra que anunciaban como una «distopía existencial», como si A quisiera demostrar que no era en todo caso en el género en lo que había que fijarse: solo parecían coincidir en que cada una era muy diferente, al menos a primera vista, de todas las demás. Y sin embargo... Se preguntó si A no habría elegido para esta «última vez» el deslizamiento autobiográfico velado, solo para dejar saber algo que perforara hacia afuera el mundo de la ficción, como el conserje de un hotel de habitaciones subterráneas que, cansado de esperar al primer visitante, quisiera arrojar a la superficie la llave que abre todos los cuartos.

Ensimismado en la bifurcación de alternativas, no alcanzó a darse cuenta de que Morgana había doblado en una de las calles laterales y después de un breve zigzagueo estaba por estacionar el auto.

—Es aquella gran puerta de madera y vidrios —le dijo—. Núria ya debe estar esperándonos dentro. Me dijo que quizá invitaría a los postres a un editor amigo nuestro que quiere también conocerte. Y basta de suicidios ahora, que te vas a meter entre pecho y espalda los mejores mariscos de tu vida.

# Once

—Pero por lo que me dices, entonces, ¿la novela va de *sexo*?

Núria Monclús pronunció la palabra con incredulidad y decepción, como si estuviera a punto de ver arruinados todos sus planes, y Merton, que había hecho difíciles equilibrismos para contar con la mayor fidelidad posible lo esencial de la novela de A sin herir del todo a Morgana, sintió que había fracasado a dos bandas, o incluso a tres, porque tuvo que preguntarse cómo se sentiría A si viera reducida la primera mitad de su novela a esa única palabra.

El momento tan temido en que ella finalmente le pidió que le adelantara algo —y él no tuvo más remedio que hacer frente a Morgana un resumen brutal— llegó después de que estudiaran la carta de postres y cada cual ordenara el suyo. Al entrar en el restaurante y mirar entre las mesas no habían visto a Núria, y Morgana le dijo que seguramente habría pedido uno de los reservados de la planta alta. El único problema de ir a cenar con Núria, agregó, era que se terminaba siempre comiendo entre cuatro paredes secretísimas, porque ella adoraba jugar a los espías y a las conspiraciones.

El maître, en efecto, los condujo por la gran escalera de madera y luego por un pasillo detrás de una puerta hacia un rincón encerrado y sin ventanas que parecía una incrustación del Barroco, con altas sillas aterciopeladas, cuadros con marcos de pan de oro en las paredes empapeladas y una araña ominosa de caireles sobre la gran mesa para doce en la que Núria —vestida como un pontífice enjoyado— los esperaba sentada a la cabecera. Entre las dos se pusieron de acuerdo muy pronto en lo que debía probar sí o sí y ordenaron una mariscada a la parrilla con cigalas, gambas, bogavante, berberechos, sepias, calamares, langostinos, vieiras, centolla, lomo de bacalao y nécoras del Cantábrico. También coincidieron en que debía tomar no solo el cava que ya había ordenado para sí Núria, sino además al menos un albariño y un verdejo durante la comida.

Antes de que se fuera el mozo, Núria le pidió que no olvidara traer entre las tapas de aperitivo un plato grande de ostras tal como se las preparaban para ella siempre. Frente a las ostras, que llegaron de inmediato, servidas dentro de sus caparazones como un gran collar alrededor del plato, Núria le dijo que este sería su verdadero bautismo mediterráneo: ella las pedía con el agua salada original, tal como cuando era niña y las robaba entre las redes de los pescadores.

—Puedes ponerle limón si quieres, pero debes sorberlas así, de un solo trago. —Y se llevó una a la boca—. Es lo más parecido a tomarte el mar. Y es lo más cerca del mar que estoy desde hace treinta años.

Habían hablado después de todos los lugares de Barcelona que él no podía dejar de visitar, como si las dos pensaran que se quedaría por semanas, y Merton, en el espejismo benévolo del vino, al ver reír a Morgana mientras alargaba más y más la lista y festejaba la aparición de los primeros platillos, se sintió por un momento, probando bajo sus ojos expectantes y a veces de su propia mano esto y lo otro, como un comedor de loto que sí podría quedarse después de todo indefinidamente frente a ella. Mientras cenaban, y animada también por Morgana, que seguramente había escuchado esas historias antes, Núria contó sobre subastas sangrientas de contratos millonarios, pases estruendosos de editoriales, fichajes clandestinos y aun intrigas amorosas que había oficiado en esa misma mesa. Aunque había jurado no mencionar nombres, entre las dos, de risa en risa, iban dejando caer inadvertidamente pistas suficientes, y Merton se enteró así de muchos datos que nunca aparecerían en ninguna bibliografía, no solo de la cocina de los autores del *boom* sino también de sus dormitorios. Se alegró de haber escrito su tesis antes y no después de estas revelaciones. Si bien era insobornable en separar la obra de los autores de sus vidas privadas, le parecía un tedioso trabajo extra despegar y mantener a raya aquello de lo que aun así fatalmente se enteraba —en general a través de suplementos culturales o entrevistas— para que no interfiriera en sus lecturas. Se atenía en esto a su convicción personal, bastante solitaria en todas las épocas, de que una obra literaria era sobre todo un acto de ilusionismo que debía apreciarse en tanto ilusión, sin el afán en el fondo infantil de descubrir algo «verdadero» por detrás y que nada agregaba o quitaba saber cuántas horas pasaba el mago limpiando sus espejos o cuál era el alimento que daba a sus palomas.

Aun así, por supuesto, jugó al juego de adivinar los nombres y se rio tanto como ellas con cada una de esas anécdotas. Algo de esa comunión alegre y despreocupada se arruinó fatalmente cuando él terminó de contar como pudo lo que había leído de la novela. En el silencio de estupor y desconcierto que siguió, sin decidirse a mirar a Morgana, Merton se sintió como un mensajero que llevaba la mala nueva y podía sufrir en carne propia alguna represalia. A la pregunta de Núria, y sobre todo al desencanto con que había pronunciado la palabra *sexo*, Merton trató de argumentar, para hacer justicia al manuscrito, que no se trataba exactamente de posiciones o «números» sino de las relaciones de poder, de la dialéctica íntima de la atracción y el rechazo, y que la mirada que había elegido A, el punto de vista de un profesor de filosofía, le permitía hablar, por la trasposición de lenguajes, de una manera que le parecía bastante original sobre el tema. En realidad el «tema» a Merton no lo preocupaba en absoluto; como crítico había tomado para sí desde hacía mucho la frase de Henry James: el tema, el asunto, era lo único que debía concederse a un escritor, y la crítica debía aplicarse solo a la ejecución, a lo que el escritor conseguía, o no, hacer con él. Pero Núria, que lo escuchó con la desconfianza instintiva de que quisiera envolverla con teorías argentinas, tenía sobre esto una opinión muy distinta.

—Por supuesto, no tengo nada contra follar, creo recordar que era algo estupendo —dijo—: por algo le dicen «untar el panecillo». Pero respecto al sexo la crítica literaria es peor que los curas: la última vez que aprobaron una novela de tema sexual creo que fue *El amante de lady Chatterley*, y cincuenta años después de que se publicara. Agrégale si quieres *Lolita*, pero porque al fin y al cabo de sexo casi nada. No les parece un tema lo bastante «respetable», y nada se puede hacer contra eso. —Merton tuvo el impulso mental de sumar el nombre de Henry Miller a esa lista corta, aunque recordó a tiempo que sus novelas habían sido inmediatamente prohibidas y despreciadas también por los círculos literarios de su época. Nunca había pensado sobre esto y tuvo que reconocer que Núria tenía su parte de razón—. Lo mismo vale para los lectores que se consideran serios —siguió Núria—: son en el fondo moralistas, creen que la literatura debe en algún sentido elevarlos y que el sexo es algo esencialmente bajo. Te dije que con esta novela quería colgarle a él todas las medallas. Ahora temo que no solo no podremos darle ninguna, sino que podría perder incluso buena parte de sus seguidores. —Miró de reojo a Morgana, como si se refrenara delante de ella de decir algo más, se echó atrás en la silla e hizo repicar los dedos anillados contra la mesa: parecía pensar furiosamente—. Quizá tengamos incluso que evaluar no publicarla —soltó por fin.

Hubo un silencio desanimado en el que Morgana se disculpó y se puso de pie para ir al baño. Merton, que no sabía cuánto se habría molestado ella por lo que había oído, esperó a que desapareciera en el pasillo y se decidió a contarle a Núria que la novela parecía a punto de dar un giro drástico en el capítulo que estaba leyendo, cuando el personaje se planteaba la posibilidad del suicidio.

—¿Suicidio? —Núria pareció reanimarse instantáneamente y volvieron a brillar sus ojitos—. Chiquillo, lo hubieras dicho antes: suicidio es mucho mejor. Ese sí que es un tema elevado, grave, con todas las pompas. Sobre todo si además él se suicidara a continuación. —Y soltó una carcajada al ver su cara—. Es una broma, hombre, ya sabes cuánto lo quiero. Aunque por el pronóstico que tiene, no habría mucha diferencia. Y en qué club selecto ingresaría: Pavese, Virginia Woolf, Hemingway, Mishima, Kawabata —acompañaba la enumeración con los dedos de una mano y pronto necesitó la otra—, Sylvia Plath, Zweig, Sándor Márai, Primo Levi... Fíjate además que el suicidio puede ser un camino meteórico a la gloria: todavía, quién sabe por qué, tiene su aura romántica. Siempre les digo a mis autores jóvenes que quieren la fama instantánea con su primera novela: pues haz como Andrés Caicedo, y suicídate antes de escribir la segunda. Creo que en cada país de América, y dime si me equivoco, se podría encontrar un escritor desconocido o que nadie se desvivía por publicar y que el suicidio convirtió en autor de culto de un día para el otro. Aquí en España es más difícil porque siempre llegamos a tiempo para darles algún premio antes. Pero bien, esto que me has dicho lo guardaremos por ahora como un secreto entre tú y yo. —Núria se inclinó hacia él y bajó la voz—. La persona que está por llegar, Ferran, es el editor de las últimas novelas de A y está tan impaciente como yo por saber sobre este libro, pero por las dudas, hasta que avances más, no le diremos nada. Déjamelo a mí.

Calló abruptamente porque ambos habían escuchado la voz de Morgana por el pasillo, que volvía hablando con alguien. La vieron aparecer con un hombre joven, de lentes, muy alto, con una mata de pelo lacio sobre los ojos, vestido con esa elegancia entre casual y displicente, reconocible a golpe de vista, que en todas las épocas, pensó Merton, pasaba por lo «moderno».

—Mirad a quién me encontré en medio de la escalera: justo para el postre.

El editor se sentó junto a Morgana y le extendió la mano a él con una cordialidad despreocupada por sobre la mesa, aunque Merton notó cuando cruzaron miradas que había en sus ojos —además de la esperable curiosidad educada— una nota de prevención, o desafío.

—Así que tú eres el que ponía a parir a nuestros autores. No te imaginas a cuántos y cuántas tuve que consolar por tu culpa. Y mira qué joven eres, podrás hacer mucho más daño todavía.

—Pobre Ferran —dijo Morgana, y le acarició hacia arriba y abajo la manga del saco—. Cuántas autoras habrán venido a llorar en este hombro.

Merton no pudo evitar seguir el movimiento de esa mano y ella, que advirtió la mirada de él clavada en la manga, la quitó de inmediato como si hubiera cometido un error y aplaudió para recibir la llegada de los postres. Ese aplauso algo teatral le pareció a él que solo se proponía borrar un desliz culpable, hacerle olvidar la imagen anterior que pudiera haberse formado. Pero justamente por este esfuerzo deliberado de ella, Merton, que no se había formado ninguna, que solo había visto con una punzada de celos que ella podía ser igualmente cariñosa con otros hombres y tocarlos con la misma facilidad amistosa con que lo había tocado a él desde el principio, tuvo que preguntarse qué habría dejado ella sin querer a la vista. Aún en la telaraña mullida del vino llegó a la única conclusión posible y le pareció que casi podía ver, con una extraña lucidez distante, la sustitución de toda una escena por la lenta verdad. Sí, el «otro», como lo había llamado Mavi, o al menos uno de los otros, era este Ferran que tenía delante. Quizá incluso ella se había levantado de la mesa un minuto antes no para ir al baño sino para encontrarse por un momento a solas con él y poder besarlo en el pasillo, o para advertirle algo de antemano. Y esa primera frase agresiva que el editor le había lanzado, camuflada como un chiste, había sido su modo inconsciente de macho de marcarle el territorio.

En la marea creciente de la conversación, en la que Ferran soltaba sus bromas una tras otra, Merton se sentía como si estuviera a medias sumergido y los escuchara ya a lo lejos, desde adentro del agua. Los miraba a uno y otra en un submundo inmóvil de ruidos atenuados, a la espera de una confirmación definitiva, y no podía dejar de pensar que si fingiera recoger una servilleta del suelo podría ver las manos de los dos apretadas por debajo del mantel, o la pierna de ella enroscada en la de él. Le pareció que esa confirmación le llegaba cuando Morgana dejó a un lado su mousse después de la segunda o tercera cucharada y Ferran tomó la cucharita de ella sin apenas mirarla y a medias distraído en lo que decía, sin siquiera pedirle permiso, se fue comiendo buena parte de lo que quedaba. Merton se preguntó de quién habría sido la idea de sumarlo a la cena, si de Núria o de la propia Morgana. Pero ¿habría querido Morgana juntarlos? ¿Por qué, en todo caso? ¿Para establecer qué clase de comparación? Tal vez era su manera retorcida de mostrarle, con la prueba física, que aunque hubiera negado tener ningún otro, sí lo tenía después de todo, para que él no se hiciera ilusiones.

Ferran pareció dar por terminado su despliegue histriónico cuando vio que llegaba el café y, como si hubiera sonado una alarma que lo llamaba de nuevo al trabajo, los miró alternadamente a Núria y a él, listo para ir al grano.

—Y bien, Núria, ¿qué es lo que tenemos entre manos?

—Ya te contaré, majo —dijo Núria—, pero antes tú me debes una respuesta, ¿verdad? Me refiero al otro asunto que tenemos pendiente: la «torna» por el último Marsé que os di. Ya hace un mes que pasé el nombre de mi autor nuevo que debíais publicar pero todavía no he recibido la oferta.

Ferran pareció a punto de decir algo de inmediato, pero Núria lo frenó con una mano.

—No me respondas todavía. —Sacó de su bolso una libreta y un lápiz y garabateó algo en una hoja que arrancó, dobló en dos y puso sobre la mesa con un aire misterioso—. Ahora sí: adelante.

—Pues nada, Núria, que de ese asunto no me he ocupado yo.

Núria desplegó el papelito con la serenidad de un ilusionista y lo paseó en triunfo delante de los tres para que pudieran leer, en su gran letra enrulada: *Ese asunto no lo he llevado yo*.

Ferran alzó los dos brazos hacia delante y bajó la cabeza como si se rindiera ante ella en una reverencia cómica.

—Eres imbatible, Nuri.

A Merton le pareció que había en esa reverencia —o quizá en toda la escena— una nota falsa, como si fuera un número que Núria hubiera hecho ya más de una vez y se hubiera gastado un poco en la repetición, casi otro cuadro del Museo de Autómatas, amenazado por la fatiga de los materiales. Se preguntó si el sumo director editorial, al enviar a Ferran a la cena, no le habría advertido ya: te hará el truco del papelito, pero tú síguele la corriente. Sí, era eso: habían luchado durante años contra ella sin poder vencerla y ahora, en la siguiente generación, preferían la estrategia de la adulación. El diablo también envejece, pensó Merton, y se deja ablandar.

—Pero no te preocupes por esto, Núria —se recompuso Ferran—: aunque de verdad no era tema mío, mañana mismo estará resuelto. Y ahora dime algo, por favor, que ya llevamos siete años esperando esta novela.

—Lo que te digo es que vayan preparando el talonario, porque será la bomba: por lo que me cuenta Merton, y ya sabes que no hay lector más exigente, es una novela como la copa de un pino y lo mejor que ha escrito A hasta ahora. De la trama solo puedo avanzarte que es como una versión contemporánea de *La muerte de Iván Ilich*, con un profesor de filosofía que cuenta su enfermedad terminal con una tremenda humanidad y también bastante humor negro. Pero por supuesto, él está aquí desde hace dos días y recibió el manuscrito esta mañana, solo pudo leer los primeros capítulos. Ya te diré más en cuanto la termine.

Merton tuvo que reconocer que el resumen de su resumen que había hecho Núria no era del todo injusto y que ella había rescatado con buenos reflejos el nombre de Tolstoi y omitido el de Casanova. Pero Ferran no pareció contentarse del todo y se volvió hacia Merton.

—Supongo que habrás leído las novelas anteriores de A, ¿verdad? ¿A cuál dirías que se parece más? ¿O no se parece a ninguna?

Antes de que Merton pudiera pensar algo, Núria acudió en su auxilio.

—Él no te dirá nada a ti, Ferran, que lo he contratado yo. ¿O quieres ahorrarte las pesetitas de tus lectores? Ya te informarán ellos, o podrás incluso leerla tú mismo muy pronto.

Aquello fue casi todo: Ferran no insistió, aunque en el gesto con que abrió las manos para darse por vencido a Merton le pareció ver otra vez algo de burla, como si estuviera seguro de poder averiguar la información por otros medios. Cuando el mozo entró por última vez con un platito de *petit fours*, Núria le hizo una seña, le dijo algo al oído y la cuenta quedó pagada, a pesar de la débil protesta que intentó Ferran.

Al salir del reservado, Núria asió a Merton del brazo para ayudarse a bajar la escalera y quedaron algo retrasados respecto de Morgana y Ferran, que se adelantaron juntos hacia la puerta.

—Bien hecho: le hemos dado algo y no le hemos dado nada —le susurró Núria, como si lo felicitara un poco a él y sobre todo a sí misma. Pero Merton estaba concentrado en seguir a través de los recuadros de vidrio las figuras de Morgana y Ferran detenidas en la calle.

Cuando estuvieron los cuatro afuera, en la noche abierta, Merton no pudo reconocer ningún otro indicio entre ellos en los besos y abrazos inocentes cruzados de despedida. Pero por supuesto, pensó, al menos en ese momento ambos se cuidarían. Ya adentro del auto, de regreso por la avenida, Morgana, todavía achispada, le preguntó si lo había pasado bien, volvió a reír con una de las anécdotas de Núria, recordó lo estupendas que habían estado las sepias y las nécoras y quiso saber por fin qué le había parecido Ferran. Merton tuvo la sensación de que cualquier respuesta sería equivocada y se preguntó por qué podría interesarle a ella su opinión, pero encontró a su modo la manera de decirle la verdad.

—Me pareció que le gustan mucho los postres —dijo, en el tono más ecuánime que pudo.

—Ah, lo notaste, ¿verdad? —Y a Merton le pareció que se incomodaba un poco—. Siempre se sienta junto a mí porque sabe que yo no los termino, ya ni me pide permiso ahora. ¿Lo hubieras querido tú acaso? —Y volvió a sonreír—. Sois tremendos los hombres. Yo pensé que os llevaríais bien, él estaba intrigado por conocerte. —Hubo un silencio en el que Morgana maniobró para salir de la avenida y tomar la cuesta a Pedralbes. A Merton le pareció que ella estaba buscando, en la quietud súbita del camino, con la mirada fija adelante, la forma de decirle algo más, como si el auto, todavía separado de la casa, se hubiera convertido en un confesionario.

—Sobre lo que contaste antes en la mesa, sobre esa novela nefasta, quiero que sepas algo —dijo por fin—. Cuando contraté a esta Donka ella vino a decirme, ya en el primer mes, la clase de cosas que intentaba él. Me explicó que esto le había pasado muchas veces antes con pacientes en los hospitales y que no era algo que a ella la escandalizara. Y me dejó saber, de una manera bastante franca, que si yo estaba de acuerdo ella no tendría problema, por un dinero extra, en hacerle estos «favores», como los llamaste. Así que, solo por no sentirme tan fatal, quería aclararte que esos favores están muy bien pagados, aunque él nunca se haya enterado.

Habían llegado y Merton no supo qué contestar. El portón se descorrió y Sascha se precipitó sobre el auto con ladridos de felicidad. Por detrás de la perra se asomó Mavi entre los árboles, con los pies desnudos y una camiseta larga a manera de pijama. Morgana hizo un gesto involuntario de sorpresa.

—¿Qué haces despierta aquí fuera y tan tarde? ¿Nos estabas esperando?

—Es que no me podía dormir y quería que me dieras una de tus pastillas.

—Vale, entra en la casa antes de que te enfríes, ahora te haré una tila mejor.

Mavi los miró con un aire de sospecha y finalmente retrocedió de mala gana y desapareció en el camino.

—¿Has visto? —le dijo Morgana en voz baja—. Me vigila a ver cuándo llego, como si la adolescente fuera yo. Debo irme, qué pena, porque pensaba invitarte a ese whisky. Pero será mañana, qué dices. —Y le dio un abrazo confuso de buenas noches.

Merton siguió a través del césped hacia el estudio. Al entrar se dio cuenta, aun antes de encender la luz, de que alguien había estado ahí. Vio, abierto sobre el sillón Chesterfield, el libro del Kamasutra. Tenía como señalador un pedazo de papel con un mensaje de Mavi: *¡No me pases la página!*, decía con grandes signos de admiración. Y más abajo: *Por la mañana pasaré a buscarte para ir en bici a la playa*.

Merton se acercó a la ventana, con el papel todavía en la mano, y se quedó mirando la noche que se apretaba sobre el jardín afuera. No había luna, y los bordes de las nubes o quizá la bruma que descendía por la montaña parecían casi al alcance de la mano; enfrente las luces de la casa se habían apagado y le costaba incluso distinguir el lento movimiento negro del agua en la pileta. Pero vio, a un costado de la galería, un punto rojo que se encendía y se inflamaba. Alguien fumaba un cigarrillo, inmóvil, de pie, ahí afuera. Una sombra en las sombras. Merton apagó la lámpara del estudio y se acercó con cautela al vidrio para espiar. ¿Sería Mavi, que salía al jardín a fumar a escondidas? La lumbre roja volvió a encenderse y sus ojos, que empezaban a acostumbrarse a la oscuridad, alcanzaron a distinguir los rasgos duros y reconcentrados de Donka. El punto rojo vibró en la noche una, dos veces más, y Merton vio que de pronto surcaba el aire, todavía encendido, como una bengala mínima: Donka había arrojado la colilla al medio de la pileta.

# Doce

Merton había imaginado, con demasiado optimismo, que se despertaría lo bastante temprano como para terminar durante el desayuno, y antes de que pasara Mavi, el capítulo pendiente con las reflexiones del atribulado profesor en torno del suicidio. Pero no logró ponerse de pie hasta las diez y apenas había preparado el primer café de la mañana cuando escuchó desde la cocina que ella le golpeaba, impaciente, el vidrio de la ventana. Parecía completamente lista para salir, con un short de jean, una camisa suelta que dejaba ver la parte de arriba de una bikini de colores y un sombrerito blanco de playa.

—Date prisa y salgamos antes de que se despierte mi madre, que no quiero que me ponga pegas o intente sumarse. Mira el sol, será un día estupendo, hasta podremos bañarnos. Aquí te traje la bici de mi padre y la bomba de aire, porque hace años que no la usa.

Merton fue hasta el cuarto a ponerse el único short de baño que había traído y terminó como pudo su café mientras resoplaba con la rodilla contra el suelo para revivir las llantas.

—Ya está, hombre, vamos de una vez —dijo ella, y se adelantó para abrir el portón.

Desde sus años de estudiante Merton no había vuelto a subirse a una bicicleta y Mavi rio cuando lo dejó muy pronto atrás y se lanzó desbocada cuesta abajo. Aminoró la velocidad al llegar al llano para que él la alcanzara y le señaló, hacia la derecha, los verdes deslumbrantes de los jardines del palacio de Pedralbes.

—Ahora toca un buen trecho por Diagonal hasta la calle de Pau Claris —le dijo—. Iré más despacio para no perderte en el camino.

Esto no lo cumplió del todo y Merton tuvo que redoblar el pedaleo para mantenerse a la par. Por suerte la suave pendiente de la avenida le daba su ayuda secreta y llevado en el viento y la velocidad, espoleado por la mirada burlona con que ella giraba cada tanto para ver si todavía la seguía, Merton recuperó la felicidad de los días de estudiante cuando atravesaba el pequeño pueblo de su universidad en bicicleta. En la intermitencia de los semáforos la perdía y la recuperaba, pero alcanzó a ver la nota blanca de su sombrero cuando dobló a la derecha en Pau Claris. Ahora, en el tránsito entorpecido, entre la gente que cruzaba y se detenía en las vidrieras y los racimos de turistas, Mavi forzadamente tuvo que disminuir la velocidad y se dejó alcanzar. Cuando llegaron a la Gran Vía, ella le mostró, asomado a la distancia en una esquina, el toldo rojo de un hotel severo y elegante de varios pisos, con un botones en la entrada uniformado como un húsar.

—Es el hotel Ritz, escuché que querían alojarte

ahí, fíjate lo que te perdiste, ¿a que ya estás arrepentido? —Lo miró con una sonrisita entre burlona y desafiante que a Merton le pareció una copia quizá involuntaria del modo seductor de la madre, todavía sin los suficientes ensayos, pero que aun así, reconoció, lograba sus propios efectos. Antes de que él pudiera decir nada ella alzó el mentón como una seña, se empinó en su bicicleta y le indicó hacia delante—. Bajaremos ahora por Via Laietana para que puedas ver algo del barrio Gótico. Prepara la nariz.

Merton solo lamentó, en la bajada rauda, que fueran otra vez demasiado rápido y que sus ojos no pudieran retener del todo las fuentes y las paredes amuralladas, los altos campanarios y rosetas de las iglesias, las curvas y recovecos de los laberintos que se abrían como una incitación, ennegrecidos por el tiempo. Era cierto que olía muy mal, pero se prometió tratar de convencerla para que al regreso atravesaran el barrio a pie y pudiera verlo todo. La avenida desembocaba en el puerto, que le pareció a Merton, a golpe de vista, un apiñamiento asombroso de barcos y lanchas de todos los calados, con las velas y arboladuras casi entrechocadas en lo alto, como si una mano infantil descomunal, harta de jugar, hubiera apretujado de cualquier manera trasatlánticos y cruceros de lujo con veleros y lanchas de turismo. Mavi serpenteó entre las alfombras en largas hileras de los vendedores de artesanías y detuvo la bicicleta en el primer espigón, que dejaba ver una lengua dorada de arena y por fin el mar entero.

—No está mal —dijo ella triunfalmente, y señaló su reloj—: lo hemos hecho en veinte minutos.

Merton bajó de su bicicleta y se descalzó para ir hacia la orilla a ver el mar de frente, quieto, reluciente, con parpadeos de un verde casi transparente bajo el sol y un borde mínimo de espuma en la orilla, tan distinto del mar oscuro, turbulento, insaciable en olas despeinadas por el viento de su infancia en el sur. Y sin embargo, como cada vez que se había asomado a otras playas, no importa cuán distinto se viera, estaba ese reconocimiento inmediato, inconfundible, el *siempre mar*, el único nombre íntimo con su entonación de sal.

Cuando Mavi llegó a su lado siguieron a pie por la arena, en busca de una franja lo bastante seca para sentarse. La encontraron unos cincuenta metros más adelante, donde había ya bastante gente echada al sol, casi todas mujeres, de las edades más diversas, algunas sumidas en la lectura de un libro, otras con anteojos de sol y los brazos abiertos y extendidos hacia arriba sobre reposeras, otras conversando vivamente, unas pocas solas, o con un perro, con la mirada perdida en el infinito manso del agua. Pero todas, sin excepción, estaban desnudas de la cintura hacia arriba. Merton vio en un recorrido vertiginoso, expuestas a la luz cruda del sol, la variedad de formas y manifestaciones, de consistencias y declives, de texturas y protuberancias. Vio joyas pesadas lustrosas por el bronceador y torsos lisos que apenas dejaban asomar los primeros brotes de la adolescencia, vio pezones y areolas en toda la gama del rosa pálido al negro, vio pieles intactas morenas y otras blanquísimas, de inglesas o alemanas, con pecas y manchas de sol o garras blancas de estrías, vio conos apenas sobresalidos, súbitas pendientes y sólidos rampantes. Y vio los ángulos bruscos de separación que les deparaba la gravedad y el balanceo pendular despreocupado. Se sintió como si lo hubieran dejado espiar por un momento un cuadro difícil de presenciar para un hombre: mujeres desnudas desprevenidas. Sí, la escena tenía algo del mundo antiguo de los baños romanos en el turno privado de las mujeres, o de la intimidad tomada por sorpresa de los óleos de Degas, y le había tocado en suerte el punto de vista privilegiado del pintor oculto.

Fue consciente de que había estirado un poco de más ese momento, sin decidirse a sentarse y darle la espalda a ese interesante espectáculo, y que a los ojos de Mavi debía verse como un argentino rústico y boquiabierto que descubre por primera vez el *topless* en una playa europea. Estuvo a punto de decirle algo en este sentido pero Mavi, que sí se había sentado en la arena de inmediato y ya se había librado de su short, se estaba quitando ahora con naturalidad, también ella, la parte de arriba de su bikini. ¿Con naturalidad? Merton, que no pudo pasar enteramente por alto lo que quedaba enteramente a la vista, se preguntó si esta excursión a la playa no sería parte de un pequeño plan de Mavi, la prolongación deliberada de ese primer éxito que había conseguido sobre él al quitarse el top, el segundo set del mismo partido. Sin poder mirarla todavía a la cara, sintió que volvía dentro de sí, alarmante, el estribillo *tetas, tetas*. Sí, quizá ella había encontrado la manera inocente, irreprochable, de traerlo a esta emboscada feliz a la luz del día, amparada en el coro de esas otras mujeres, para demostrarle de la manera más franca y extrema que podía competir y aun derrotar a su madre en su propio terreno. Por lo poco, o más bien por lo mucho que Merton había visto, eso quedaba fuera de toda duda. Eran admirables, en cualquier sentido posible, y Merton pensó que no podría volver a hablar con ella, ni mirarla otra vez a los ojos, si no expresaba de algún modo esta admiración de una manera mundana, como quien quita de en medio un tema incómodo en una conversación para pasar rápidamente a otros. Pero ¿podía acaso *decirle* algo? No, eso estaba fuera de cuestión. No podía tampoco, por supuesto, directamente mirarla: temía demasiado la clase de elogio que podrían hacer sus ojos librados a sí mismos. Solo le quedaba entonces, como hasta ahora, intentar no mirarla, pero ese no mirarla sostenido a duras penas, que se le volvía cada vez más incómodo y forzado, también, se daba cuenta, ¡era una forma de mirarla! Sí, estaba atrapado, detenido, en el limbo de una paradoja: no podía ni mirarla ni seguir no mirándola. Y seguramente Mavi ya lo habría advertido a esta altura y se estaría divirtiendo con su posición de *zugzwang*.

—Qué esperas para quitarte la camiseta —le dijo ella, y él recibió casi con alivio esta irrupción de su voz, que lo llevó al menos a hacer algún movimiento. Al quedar con el pecho desnudo, de una manera inesperada, como si su cuerpo se hubiera puesto en regla con los demás, algo de la incomodidad cedió y se encontró, al inclinarse hacia atrás sobre los codos, casi chocando hombro con hombro con Mavi. Ella sí le dio una ojeada curiosa y sin disimulo.

—Pues fíjate —dijo—: no tienes tanto pelo en el pecho como temía.

Él pudo entonces por fin mirarla a su vez y le respondió en el mismo tono.

—Vos tampoco, por suerte.

Los dos rieron y Merton pudo recuperar buena parte de su ser. Mientras dejaba que el sol le infundiera su calor narcótico y se sentía ablandarse lentamente por dentro, sintió la piel tibia del hombro de Mavi que hacía contacto con su hombro, de una manera seguramente accidental, pensó Merton, pero ninguno de los dos hizo el leve movimiento que los hubiera separado, como si los rayos casi verticales los hubieran soldado en ese único punto de concentración que irradiaba un calor más secreto. Merton volvió a decirse que quizá solo fueran ideas suyas, que no debía saltar a conclusiones y que ella podría aducir para todo una explicación perfectamente convincente, natural, desentendida. *Pero si no fuera así*, pensó, y se le cruzó la frase cruda pero con su grano de verdad en la novela de A sobre el sexo como mercancía. ¿Habría expuesto ella por él, para él, uno de sus bienes más codiciados? La desnudez tenía sin duda su efecto explosivo pero una duración efímera y se aniquilaba demasiado pronto dialécticamente a sí misma. ¿No era ese acaso el truco histórico de los escotes y sobre todo del corpiño? Una prenda para mostrar, pero más que nada para ocultar, para demorar todo lo posible la última verdad sin más allá de la piel, para subir el precio en revelaciones siempre parciales y progresivas. «No entregar demasiado» era el *dictum* que regulaba ese regateo. Las mujeres a sus espaldas eran la excepción veraniega de una regla milenaria, casi un espejismo, y se cubrirían otra vez tan pronto como salieran de esa zona franca efímera de la arena. Pero si Mavi también había hecho su excepción, Merton, que creía ya conocerla un poco, sospechaba que era para desafiarlo de alguna manera, para ponerlo a prueba. En realidad lo había apabullado, porque él se había quedado sin movimiento posible, y no conseguía volver a hablarle.

Quieto, fingiendo que miraba el mar, inmovilizado en ese punto de contacto caliente que le enviaba desde el hombro señales equívocas, se alegró cuando ella —tal vez contagiada por su propia incomodidad— decidió que ya era demasiado sol, volvió a ponerse la pieza de arriba «porque no había llevado protector» y le dijo que debían ir al agua. Ya en la orilla Mavi se adelantó primero y dio dos saltos decididos para zambullirse. Apenas asomó otra vez la cabeza se volvió hacia Merton, que todavía dudaba con el agua por las rodillas, y como si hubiera vuelto a su modo de hermana menor revoltosa lo salpicó hasta que él se decidió también a sumergirse. Nadaron a la par, con el brío inicial de la temperatura fría y cuando se detuvieron, muy cerca uno del otro, ateridos, con las cabezas ondulando como boyas sobre la superficie, él vio sus pestañas cargadas de gotas, los ojos de un verde intenso y límpido, tornasolados por el reflejo del sol, su cara nueva, resplandeciente por el agua, que debía redescubrir, a la vez familiar y diferente, con los labios morados y el pelo oscurecido y chorreante pegado a la cabeza. Y si la nota sexual ambigua de la arena había quedado disuelta en la brusquedad del agua, sentía ahora al mirarla, en los movimientos concéntricos con que orbitaban demasiado próximos, algo todavía más alarmante, las primeras punzadas de un enamoramiento equivocado. Merton trató de desentenderse de esto y se alejó de ella nadando de espaldas de regreso hacia la orilla segura. Después, cuando Mavi salió y volvió a tumbarse para secarse al sol junto a él, mientras le hablaba con su modo atropellado de Tossa de Mar y las otras playas de la Costa Brava a las que iban de vacaciones antes de la enfermedad de su padre, Merton creyó por un momento que podría volver a verla como antes. Pero ¿acaso existía, podía existir ya, el «como antes»? Cualquier antes había quedado contaminado, era un antes forzado, falsificado por la supresión deliberada del después. Merton temió otra vez, pero por razones diferentes, volver a mirarla, aunque no podía evitar seguir escuchándola. En un momento ella hizo una broma al pasar sobre la cantidad de libros que llevaba su padre en cada viaje, y Merton recordó la lista de la que le había hablado Morgana. ¿Se acordaba ella de esa lista que le había dictado su padre antes de donar su biblioteca? Mavi se acordaba muy bien: en ese tiempo debía tener nueve o diez años y jugaba a ser la secretaria de su padre. Él le había dictado una cantidad de títulos y ella los había escrito con dos dedos en una máquina de escribir antigua que todavía estaba en la casa. Seguramente tendría algunas faltas de ortografía. Pero no era una lista de todos los libros de la biblioteca, de eso estaba segura —¡todavía la estaría escribiendo ahora!—, sino solo de algunos.

Aquello la había impresionado mucho porque no sabía que su padre pensaba desprenderse a continuación de todos los libros. Nunca entendió por qué lo había hecho, lo había ayudado también a guardarlos en cajas, la casa había quedado después vacía y con ecos, como si estuvieran por mudarse. ¿Y sabía ella dónde habría quedado esa lista?, le preguntó Merton. Mavi negó, pensativa. Suponía que guardada en algún cajón, cuando regresaran le preguntaría a su padre y la buscaría para él.

Volvieron remontando la Via Laietana y Merton logró convencerla, a la altura del hotel Suizo, de que cruzaran a pie por el barrio Gótico. Fueron entre los recodos y pasadizos de piedra hasta la Catedral del Mar, se asomaron a un *palazzo* transformado en bar que prometía un tablao de flamenco a la noche, miraron la vidriera de una tienda antigua de magia y pasaron por la puerta del Museo Picasso. Merton quiso entrar y esta vez Mavi no puso resistencia. Dejaron las bicicletas en el ingreso y mientras deambulaban por las salas y se detenían frente a una u otra pintura ella le contó que ya había estado con la escuela más de una vez y recitó para él, imitando la voz de las guías, mitad en serio y mitad en broma, panegíricos disparatados de los cuadros más famosos. Cuando llegaron a la gran sala que reunía los estudios sobre *Las Meninas*, ella quiso contar cuántos había allí de los cuarenta y cinco bocetos que se anunciaban en el cartel de entrada y se fue alejando de él en un recorrido por las paredes. Merton quedó detenido frente a la sucesión de imágenes, sin decidirse a seguirla, intrigado por algo que parecía venir del conjunto, de la idea de serie o constelación, casi como una prevención para que no se acercara demasiado. Recordó la definición que alguna vez había leído sobre la pintura original de Velázquez: «El cuadro donde no está a la vista el cuadro». También aquí, le pareció, había algo que se escamoteaba por el efecto simétrico de la profusión: el cuadro tampoco estaba llanamente a la vista, no era ninguno de esos, ni el primero de la serie, que tenía todavía todas las figuras del original, ni tampoco del todo el último, que parecía una pieza suelta de un rompecabezas arduamente desarmado. La verdadera obra era la sala entera, esto que se desplegaba solo en conjunto, el recorrido sin orden de borradores, la contienda íntima de rechazos y apropiaciones, de aproximaciones y alejamientos, de tanteos y contramarchas, que por una vez quedaba parcialmente al descubierto. Sobre todo, pensó Merton, esta sala dejaba ver hasta qué punto era imposible en la pintura hacer el camino inverso, inferir desde el cuadro final «hacia atrás» la cantidad incalculable de deliberaciones y posibilidades descartadas, imaginar aunque más no fuera el garabato de la intrincada tormenta interior en el origen de cada obra. Esto, le pareció, podría explicar también el malentendido del que se quejaba A. Su idea, cualquiera que fuera, aquello que para él era visible y casi gritaba desde cada libro, quizá perteneciera también a un terreno preparatorio de lo mental que no podía adivinarse tan simplemente a partir de lo que quedaba escrito. Había algo más que esta sala parecía a punto de decirle, pero perdió el hilo cuando Mavi volvió a reunirse con él y le preguntó si ya tenía suficiente.

Caminaron al salir todavía un poco más por el Portal del Ángel hasta desembocar en la plaza de Cataluña, donde volvieron a montarse en las bicicletas. Al llegar a la casa y cuando debían separarse en el bosquecito de la entrada para ir cada cual por su lado, Merton sintió, tal como en el viejo poema, una vaga congoja por dejarla, y creyó que a Mavi quizá le pasara lo mismo, porque ella lo miró por primera vez seria y le dijo, como si quisiera asegurarse de que volvería a verlo, que buscaría la lista a la tarde y se la llevaría apenas la encontrara.

# Trece

Cuando Merton, después de ducharse, reabrió el manuscrito sobre el escritorio, todavía gravitaba sobre él la última imagen de Mavi y su promesa. Pensó, mientras luchaba por volver a la novela, en aquella primera advertencia de Núria, y que no era solo de la distracción de Morgana de lo que debía prevenirse.

En la página que había dejado marcada reencontró al profesor de filosofía sumido en la relectura de su vieja edición de *El mito de Sísifo*. O en realidad absorto, desconcertado por las anotaciones y subrayados que sin duda había hecho él mismo en su época de estudiante y que aún podían leerse en el trazo de lápiz ya muy débil. Por supuesto, el profesor todavía podía coincidir hasta cierto punto con algunos de esos subrayados de su fantasma juvenil: que en filosofía la pregunta más apremiante es la que pone en juego los actos. Que, si se mira a los que dan la vida en la lucha por sus ideales, «lo que se llama una razón para vivir es al mismo tiempo una excelente razón para morir». Que si uno sigue haciendo los gestos que ordenan la existencia, es en primer lugar porque «adquirimos la costumbre de vivir antes que la de pensar» (y aquí él había escrito en el margen, con letra ya irreconocible: «Perseverancia e inercia del ser: Spinoza»). Pero lo que lo había dejado inmóvil, suspendido en vilo, como frente a una revelación inminente que no terminaba de manifestarse, era la extrañeza absoluta frente a su propia letra, ese vestigio indudable de sí mismo que sin embargo no le traía ningún eco a la memoria. Sí, había estado ahí antes, delante de esa misma página, podría decir en cuerpo y espíritu, y sin embargo nada quedaba ya. No era, por supuesto, la primera vez que le ocurría esto; en realidad era una experiencia cada vez más común: abrir un libro de su biblioteca y encontrar sus propios subrayados que ya le resultaban ininteligibles, y ajenos. Pero hasta ahora siempre lo había tomado como lo que parecían ser: escamoteos de la memoria, pérdidas pequeñas que se le presentaban con la ilusión de restos fósiles a los que todavía quizá podría infundir vida y recobrar de algún modo si se tomaba el trabajo de releer. Nunca se había detenido, por la «costumbre de vivir», a sacar todas las conclusiones de estas pérdidas, si se dejaba de lado la esperanza en olores providenciales de magdalenas. Pero ahora que él, tal como había escrito aquella poeta antes del suicidio, no quería ir nada más que hasta el fondo, veía por primera vez la verdad arrasadora del abismo en el pasado, la totalidad de lo que había olvidado en conjunto, el infinito en acto de lo borrado para siempre. Si el Yo, como él había creído desde sus lecturas de William James, no era más que el relato que se llevaba interiormente, casi como diario de uno mismo, ¿cuántas páginas le quedaban ahora de ese diario al mirar hacia atrás? Todo lo que podía considerar su ser más íntimo, debía enfrentarlo, era un diario tan mal encuadernado que las páginas se desprendían a raudales, antes incluso de que intentara hojearlas, y solo quedaban unas pocas, desintegradas o desvaídas por el tiempo, fijadas precariamente en algún álbum de fotos, en una cicatriz, en una canción vieja. Pero entonces, para un «suicida lógico», solo quedaba esta última constatación: que el suicidio, la supresión del yo, sería como disparar a un muerto. Sí, la vida ya se había encargado de vaciarlo, de desmantelarlo como a una casa vieja antes de la demolición y hasta de quitarle todo el sentido a ese último gesto de mutis. Si el suicidio en la juventud guardaba algo de ademán grandioso, pensó, era porque se sacrificaba el árbol entero de posibilidades; pero en la vejez apenas se tiraba al fuego una última rama seca. Estaba todavía abstraído en estas reflexiones lúgubres cuando Lila tocó a la puerta para la sesión de kinesiología.

Merton levantó la mirada del manuscrito: había escuchado afuera el ladrido de Sascha y el lento deslizamiento automático del portón de la entrada. Se asomó a la ventana y alcanzó a ver el auto de Morgana que salía de la casa. Eran algo más de las dos de la tarde. Se imaginó, tomado a su pesar por los celos, que seguramente ella salía, en el horario español, a almorzar con alguien —ese alguien tenía para él la cara inevitable de Ferran— y que ya no regresaría a tiempo para nadar a la tarde, como nunca en verdad le había prometido.

En el regreso a la novela, el profesor no lograba ocultar su ánimo sombrío y Lila se daba cuenta muy pronto de que algo le había ocurrido. A sus preguntas delicadas el profesor respondía al principio con monosílabos pero en un momento, rendido a la preocupación auténtica que parecía haber en los ojos de ella —o en realidad conmovido por sentir después de mucho tiempo que alguien se preocupara por él—, se decidió a contarle que había estado pensando durante toda la noche si quería seguir viviendo, sitiado por esa inmovilización progresiva, hacia el estado vegetal, y había llegado a considerar que por el bien de todos quizá fuera mejor que se quitara la vida mientras pudiera hacerlo por sí mismo. Lila lo escuchaba con estupor y tristeza. ¿Cómo podía decir eso? ¿Tan poco crédito le daba? No hacía todavía una semana que habían empezado con las sesiones y ahora ya podía alzar hasta cuarenta y cinco grados las dos piernas. ¿No se acordaba de que incluso había logrado dar unos pasos? Ella no podía creer que estuviera pensando de esa manera, casi tendría que enojarse con él por no confiar lo suficiente en su trabajo. ¿O había ocurrido algo más?

El profesor, arrinconado por los ojos doloridos y sinceros de ella, acabó por confesar con algo de vergüenza, y señalándose vagamente debajo de la cintura, que la noche anterior había tenido la primera evidencia de que ya no podría tener tampoco en el futuro vida sexual. Lila pareció sorprenderse y el profesor se preguntó si sería porque no esperaba esa clase de confesión, o porque no hubiera sospechado que él a su edad pudiera proponerse todavía intentos en ese sentido. Pero la sorpresa de Lila tenía una razón más bien anatómica: tal como lo veía ella, le explicó, y en el estado actual de avance de la enfermedad, él no debería tener ningún problema físico para una erección, si era eso a lo que se refería. *Y sin embargo no se mueve*, dijo él con una sonrisa triste. Ella no pareció entender del todo la alusión, aunque sí la confirmación inapelable. Pero no debería haber ningún obstáculo *físico*, insistió, y dudó por un instante antes de hacerle la próxima pregunta: ¿le había ocurrido esto con su esposa? Él negó con un movimiento de la cabeza y le dijo que desde el principio de la enfermedad había preferido liberar a su mujer en este aspecto. Esto, lo sabía, equivalía a una segunda confesión. Lila adivinó de inmediato, y cuando le dio una mirada interrogativa a la puerta por donde se había marchado Helga, el profesor asintió. Cruzó entonces por la cara de ella una expresión muy curiosa, entre iluminada y condescendiente, que el profesor solo hubiera podido describir como de superioridad femenina. Y a continuación, como si hubiera tomado para sí un desafío casi profesional, le pidió si podía «dejarle ver por sí misma», con el tono neutro de la medicina. El profesor, por supuesto, no tuvo problema en exponer su caso y cuando ella se inclinó a estudiarlo y le preguntó si podía tocarlo, se puso, por así decirlo, enteramente en sus manos. En realidad, en principio, en una sola de sus manos. Ella lo sostuvo, posado sobre la palma, lo acercó todavía más a su cara, para mirarlo de cerca, y dictaminó que se lo veía muy saludable. Le hizo por abajo, como si quisiera retenerlo, una suave caricia casi distraída y los dos pudieron ver cómo empezaba a desplegarse lentamente, pero de manera indudable, sobre la mano de ella, como si creciera a la vez que reptara, con cabeceos leves pero decididos, hasta ocuparla por entero. El profesor estuvo a punto de disculparse, pero estaban los dos demasiado atentos a esa metamorfosis que progresaba por sí sola, henchida, indetenible. Ella hizo una media sonrisa envanecida, lo asió con más determinación y lo recorrió todo a lo largo para comprobar la nueva dimensión. Fue entonces, como si un movimiento llamara al otro y hubiera un contagio secreto o una continuidad de los impulsos, que puso la otra mano encima y empezó a friccionarlo con una decisión reconcentrada, ya sin mirarlo a él, seria y absorta, como si tuviera por delante una pulseada entre ella y esa materia dura a doblegar y se propusiera terminar una demostración. El profesor también tuvo un desprendimiento de sí mismo, en el que por un lado la miraba hacer con algo de agradecimiento maravillado y sentía la corriente estremecida de calor que afluía a él otra vez, la vida que volvía como exaltación, y al mismo tiempo se extrañaba por la manera en que se habían dado finalmente las cosas. Aquello que Helga había hipostasiado en un valor elusivo, y que había hecho crecer hasta lo inconmensurable con cada rechazo, para esta chica era un pequeño favor compasivo del cuarto día, un extra por el que no esperaba nada, la auténtica *bagatelle*. ¿O bien debía pensar que quizá había obrado en secreto, otra vez, esa segunda dialéctica entre las dos mujeres: juventud versus madurez, la nueva versus la establecida y sobre todo el afán de probarse donde «la otra» había fallado?

Merton tuvo que detenerse aquí porque vio por la ventana que Mavi se acercaba, con una hoja de papel doblada en la mano. Estaba descalza y llevaba puesta otra de esas camisas largas, que no dejaba ver qué tenía debajo. Parecía que recién se hubiera duchado, las puntas del pelo todavía se veían húmedas.

—Apareció la lista —le dijo cuando él le abrió la puerta—. Tuve que preguntarle a mi padre, por suerte él se acordaba dónde la habíamos guardado.

Merton supuso que se había pintado otra vez los ojos de alguna manera imperceptible, o quizá fuera solo el contraste del color más subido de la piel después del sol de la mañana. En todo caso le resultaban, como en la cena, casi difíciles de mirar por ese fulgor equívoco y deslumbrante. ¿O era él, que la miraba ahora de otro modo? *Si algo de sol el ojo no tuviere / nunca mirar el sol podría*. Tomó la lista que ella le extendía y vio que en realidad no era una sola hoja, sino varias abrochadas.

—Y bien, ¿me dejarás pasar? Prometo que me quedaré muy quieta, sin molestarte, solo hojearé mi libro.

Merton abrió del todo la puerta y la miró echarse cruzada a lo largo en el sillón y alzar enseguida con algo de afectación el ejemplar del Kamasutra, como si quisiera probarle que cumpliría. Volvió a su lugar en el escritorio con la lista en la mano. Aunque no podía ver a Mavi, porque le daba enteramente la espalda, algo del cuerpo tendido de ella se reflejaba en el vidrio de la ventana y en el silencio del estudio le llegaba el sonido acompasado de su respiración y cada tanto el suave chasquido del papel cuando ella pasaba una página. Las hojas de la lista estaban escritas en la tipografía antigua de las máquinas de escribir, con la tinta algo despareja por partes. En cada una había una sucesión desnuda de títulos de libros, uno por renglón, y al costado el nombre del autor. Vio al recorrerla sobre todo novelas, algunas muy clásicas, otras que Merton solo conocía por referencias pero no había llegado a leer y varias de las que nunca había escuchado hablar. Cada tanto se intercalaba en la sucesión algún libro de filosofía, o novelas filosóficas: vio al pasar títulos de Bachelard y Cioran, *La caída*, de Camus, y *Diario de un seductor*, de Kierkegaard. Algo que le pareció intrigante es que las páginas estaban cubiertas de una manera desigual. En las primeras, la sucesión de títulos llegaba hasta el último renglón, en otras hasta poco más de la mitad. En las últimas, había anotados en cada una no más de doce o quince. La hoja final solo tenía los títulos de todas las novelas de A, en orden cronológico. Merton se preguntó qué clase de lista era esa. Si fuera simplemente un registro de los libros predilectos de A, o de los que quería recordar por alguna razón, quizá por algún pasaje anotado, antes de donar la biblioteca, lo natural —le parecía— hubiera sido llenar hasta el final cada página.

Se dio vuelta para preguntarle a Mavi si recordaba por qué algunas páginas estaban escritas con títulos casi hasta el final y otras, en cambio, tenían muy pocos. Pero Mavi negó lentamente con la cabeza, la cara en blanco: ella debía tener no más de diez años, solo recordaba que la máquina de escribir era muy pesada y que su padre la detenía cada tanto para sacar la hoja del carro y colocar la siguiente. Merton dejó de lado la lista y se prometió estudiarla después con más detenimiento. En realidad, había quedado perturbado por algo que había visto al girar hacia Mavi. A duras penas había logrado mirarla a la cara, porque las piernas tendidas de ella por sobre el brazo del sillón dejaban ver, de la manera más indudable, que no tenía nada debajo de la camisa. La imagen, como una quemadura súbita, le había hecho apartar la mirada de una manera tan brusca que ella, estaba seguro, no habría dejado de notar. En los minutos lentos, cada vez más agónicos que siguieron, Merton se dio cuenta de que estaba suspendido, al acecho en el reflejo del vidrio del más leve cambio en su postura, y que no podía ya concentrarse lo suficiente para volver al manuscrito. Fue ella quien habló primero, con su tono a medias burlón de siempre.

—Deja de fingir que lees, que no has pasado una página, y ven aquí, que es muy difícil mirar este libro a solas.

# Catorce

Fue esa misma tarde, después de que convenciera a Mavi de que debía volverse antes de que su madre regresara, cuando ya se absorbía la última luz en el rectángulo de la pileta y estaba otra vez solo frente al manuscrito, aunque demasiado aturdido para intentar leer, para reanudar cualquier movimiento que lo devolviera a sí mismo, *sacudido por el huracán antiguo*, cuando vio aparecer la figura de Donka por la puerta de la galería, que le hacía señas enérgicas a la distancia mientras se apuraba cruzando por sobre el césped hacia el estudio. Merton abrió la puerta con el presentimiento de que algo fatal había ocurrido, sobre todo por la precipitación grotesca con que Donka avanzaba. La imagen que se había fijado en él de esa mujer, su estatura impávida, hierática, parecía desmoronarse en esta carrerita torpe y pesada a través del césped, pero justamente era esta desarticulación, este desentendimiento de sí misma, la señal más clara de una emergencia.

—Venga rápido, por favor, ahora mismo —le dijo con su acento de vocales ásperas—. Tuve que llamar a una ambulancia porque está muy mal, pero quiere hablar con usted antes de que se lo lleven al hospital.

Merton la siguió adentro de la casa y le preguntó si sabía cómo ubicar a Morgana o si al menos ella le había dicho cuándo volvería.

—Le dejaré una nota. Mientras tanto lo acompañaré yo en el hospital.

Atravesaron el laberinto de pasillos y vio a Mavi, enmudecida y aterrada, sentada en los escalones que conducían al invernadero con los brazos alrededor de las rodillas. Le pareció que había disminuido súbitamente en edad y volvía a ser casi una niña. Cambiaron una mirada en la que le pareció ver un pedido de auxilio, pero al pasar junto a ella ninguno de los dos dijo nada. Donka había dejado abierta en el apuro la puerta de la habitación y le hizo una seña para que pasara. Merton se acercó a la cama y escuchó la respiración entrecortada y sibilante de A, como la de un asmático que luchara por la próxima bocanada. Tenía la cabeza rígida contra el espaldar de la cama y solo sus ojos se movieron un poco hacia él. Pareció distinguirlo con esfuerzo.

—Creo que está sucediendo —le dijo, como si le confiara un secreto horrible que le revelaba su cuerpo—. No sé si volveré del hospital. Por eso quería saber si pudo terminarla.

Su voz también había cambiado: articulaba con esfuerzo, con una ronquera gutural, y había desaparecido todo rastro de ironía.

—Todavía no —dijo Merton.

—*Todavía no* —repitió A en un susurro desalentado—. Pero ¿qué estuvo haciendo todo este tiempo? Ni siquiera es tan larga.

—Estoy por llegar al final —dijo Merton—. Solo que traté, como me dijo, de frenar con la quilla cada tanto.

Esto no era exactamente la verdad, pero tampoco del todo una mentira. Le pareció que A le concedía que hubiera seguido su consejo, aunque no lograba resignarse.

—Pero si ya está cerca del final... —murmuró— quizá lo haya visto, quizá tenga ya la intuición correcta. —Y alzó hacia él los ojos casi como si rogara.

Merton tuvo que negar con la cabeza. Sin dejar de mirarlo, A hizo un último intento.

—Sin embargo, sé por mi hija que usted le pidió la lista que le dicté antes de donar la biblioteca. Pensé por eso que se estaba acercando. Que alguien estaba por fin en la pista.

—No sabía que esa lista tenía que ver con... —empezó a decir Merton, e hizo silencio porque los dos habían escuchado el aullido de la ambulancia que se detenía en la entrada.

—No quise darle ninguna ayuda porque pensé que era lo bastante inteligente para verlo solo —dijo A—. Pero en fin, creo que estoy condenado. *Pro captu lectoris* etcétera: *Según la capacidad del lector, será el destino del libro*.

Merton, que tenía esta frase traducida en su escritorio casi como su divisa de crítico, no hubiera imaginado que la escucharía alguna vez en su contra y sintió como nunca su orgullo herido. Pero antes de que pudiera protestar o defenderse, A le hizo un gesto imperceptible para que se acercara un poco más, como si quisiera asegurarse de que oyera bien cada palabra.

—Solo esto le digo: termine la novela de una vez y vaya al monasterio de Pedralbes con la lista. Vaya mañana, apenas abra la biblioteca. Sospecho que ahora no me queda más remedio que sobrevivir y volver, aunque sea para escuchar lo que tenga para decirme. No querrá que me convierta en un espíritu que lo atormente el resto de su vida.

Si aún conseguía bromear, pensó Merton, tal vez hubiera más esperanza para él de lo que él mismo creía. Estaba a punto de decírselo cuando la puerta se abrió y entró Donka, seguida de dos enfermeros con una camilla. Cuando lo rodearon en la cama entre los tres, Merton salió al pasillo. Creyó que encontraría a Mavi todavía en los escalones, pero ya no estaba ahí. Caminó de regreso a la galería y desde el jardín vio por el portón abierto el auto de Morgana que subía la cuesta y se detenía detrás de la ambulancia. Pensó en salir a su encuentro para tranquilizarla pero Mavi, que debía estar apostada en la puerta, corrió antes hacia ella y las dos entraron juntas en la casa. Sascha se coló también detrás por la puerta abierta. Merton dudó por un segundo, pero decidió que no podría ayudar en nada y que le correspondía más bien permanecer aparte de aquella escena tan íntima. Aun así, cuando volvió a su estudio no pudo despegarse de la ventana, hasta que vio salir, poco después, el breve cortejo encabezado por los enfermeros, con la cabeza de A sobre la camilla casi oculta por una máscara de oxígeno y el cuerpo amarrado con cintas, y por detrás a Donka, Morgana y Mavi. Cuando subieron la camilla a la ambulancia, Morgana se despegó del grupo y corrió hacia el estudio con un llavero en la mano. Merton abrió la puerta y fue hacia ella.

—Creen que deberá pasar la noche en observación y que necesitará posiblemente oxígeno de ahora en adelante. Nos quedaremos con él en el hospital, y veremos qué nos dicen, pero te dejo aquí un juego de llaves por si quieres salir, debería en realidad habértelo dado antes. Y un pequeño favor que quisiera pedirte: si le podrías dar de comer a Sascha más tarde por la noche. Su alimento está en el cobertizo.

—Claro que sí —dijo Merton—. ¿Hay algo más en lo que pueda ayudar?

Morgana lo miró a los ojos y Merton pudo ver que luchaba por no llorar, como si al acabar con su lista de decisiones prácticas hubiera quedado inerme, en el borde vertiginoso de lo que estaba por venir.

—Me vendría bien un abrazo —murmuró. Merton se acercó y ella lo estrechó con una fuerza imprevista, desesperada, y a la vez se arrancó casi enseguida, dejándole en la mejilla un rastro de lágrimas.

Cuando se quedó solo, devuelto al escritorio y al manuscrito, en el silencio cada vez más penetrante de la casa abandonada, volvió a tocarse la mejilla, como si pudiera retener algo de ese vestigio de ella antes de que desapareciera del todo. Le pareció extraño, casi inverosímil, al bajar sus ojos a las páginas, que en ese artefacto inmóvil de palabras ya asentadas y quietas la acción se reanudara mientras A había quedado en vilo, suspendido en el limbo de la respiración mecánica, entregado a la moneda en el aire de los hospitales. Y mucho más todavía cuando en la continuación de la novela el profesor de filosofía, después de aquella incantación bienhechora de Lila, tenía algo así como un renacimiento, un ímpetu recobrado por vivir, y una esperanza salvaje, quizá engañosa pero aun así electrizante, de que todavía estaba a tiempo para una última hazaña intelectual, para volver a ese programa propio que se había fijado en la juventud y que había retomado y abandonado tantas veces en torno a la gran *Lógica* de Hegel.

Lo que se proponía, lo que había dejado esbozado en uno de sus cuadernos de estudiante, el proyecto al que había vuelto a lo largo de los años, con anotaciones, merodeos y apuntes mentales sin decidirse a acometerlo de frente, a tomarlo de una vez por las astas, era una revisión crítica del procedimiento con que Hegel desplegaba y obtenía las diferentes categorías filosóficas a partir de la primera identificación del Ser y la Nada. Quería examinar cada una de las transiciones bajo una lupa lógica: había tenido la intuición, mientras escribía su tesis de doctorado sobre los axiomas de Euclides y la posterior «completación» que había hecho David Hilbert con el agregado de nuevos axiomas necesarios, de que así como Euclides había sufrido la ceguera de lo evidente y había pasado por alto incluir en su lista propiedades aparentemente obvias, como la continuidad de las líneas y los círculos, también Hegel había pasado por alto sus propias prescripciones, sus reglas de juego, y en su progresión deslizaba de contrabando lo que debía venir después para inferir lo que obtenía antes. La ambición secreta del profesor era desentrañar, en el laberinto de categorías y determinaciones que el pensamiento usaba todas a la vez e intrincadamente al volverse sobre sí mismo, si podía establecerse un orden riguroso y a la vez «natural» de generación, una protológica que revelara los fundamentos de la intelección humana.

En los días siguientes se volvió a rodear de sus viejos cuadernos anillados de apuntes, con los bordes de las páginas ya amarillos, y de los libros que había acumulado en un estante a través de los años para cuando llegara el momento, desde el volumen de Benedetto Croce sobre lo vivo y lo muerto en la filosofía de Hegel hasta la *Dialéctica negativa* de Adorno, y desde las intuiciones de Henri Michaux en *Las grandes pruebas del espíritu* hasta los experimentos de Jean Piaget en la formación del razonamiento en los niños. Y si es verdad que al principio le resultó aterrador entrar en esa caverna abandonada, volver a abrir esos libros que parecían rechazarlo desde sus propios garabatos irreconocibles en los márgenes, tuvo que reconocer con alivio que se había equivocado en dar por perdido todo lo que no acudía de inmediato a su memoria. Sí, la imagen del diario con las hojas desprendidas para siempre era exagerada; algo quedaba, latente, no en cada anotación en sí, sino en la habilidad aprendida de lianas para abrirse camino, como si hubiera también un elemento muscular imborrable en el pensamiento, un reflejo similar al que no deja olvidar cómo se andaba en bicicleta. Releer —y releerse— en esa oscuridad del pasado se parecía más entonces a la bella analogía de Henry James, de la antorcha que enciende, una tras otra, una larga fila de lámparas.

Quedaba todavía una dificultad, que al principio le pareció menor, en ese imprevisto entusiasmo nuevo: por la torpeza creciente de sus dedos le costaba al leer el movimiento sutil de pasar las páginas. Lila diseñó para él un atril de varias posiciones y una serie de ejercicios para desentumecer las falanges. El profesor pudo lanzarse entonces a esa última aventura intelectual, que le hacía recordar, como un consuelo paradójico, sus años de estudiante, cuando de regreso de una clase difícil se quedaba por largas horas tendido en la cama con la mirada absorta en el techo, tratando de reconstruir por sí mismo, como un ajedrecista desconfiado, paso a paso cada argumento. Llegó a pensar incluso que la prisión cada vez más perfecta de su cuerpo podía jugar ahora a su favor y que esa inmovilidad boca arriba donde se agitaban oscuras las ideas sería a la vez el océano y su ballena blanca.

El profesor, sin embargo, no había previsto del todo la astucia siniestra de la enfermedad. En los capítulos siguientes Merton asistió a la sucesión implacable de las estaciones del deterioro, la catábasis de la insensibilidad progresiva, de las escaras, de la desactivación miembro a miembro, de la vergüenza corporal. Nada de lo que Lila intentaba podía ya contrarrestar la rigidez cadavérica que conquistaba una tras otra todas las posiciones, como si la enfermedad hubiera tomado nota de que él se había retirado a un último refugio mental y presintiera el campo libre para la ofensiva final. Ahora Lila estaba junto a él la mayor parte del día, y se había convertido tanto en su pasadora de páginas, cada vez que necesitaba consultar un libro, como en la secretaria que anotaba sus apuntes para la nueva configuración que hacía emerger de a poco, con algo de uróboro escurridizo, del sustrato viscoso donde se pegaban entre sí las primeras ideas. Cada tanto, cuando la veía inclinada en la silla junto a la cama, tomando nota con aplicación como si fuera una de sus antiguas alumnas, el profesor recordaba como un hecho fantástico de otra vida que él hubiera tenido alguna vez un cuerpo y que ella hubiera llegado a tocarlo. Aun así, aquello había ocurrido y sabía muy bien que era ella la que había puesto en su pecho «la esperanza ciega», que había sido gracias a ella que tenía este *bonus* de vida, y que era por ella, y aun para ella, que persistía en ese propósito último, tal vez imposible. Le parecía ahora, a pesar de todo, casi increíble que hubiera considerado alguna vez el suicidio. Se sentía cada vez más cerca, vertiginosamente cerca, de la reformulación «enderezada», que ya había entrevisto pero debía todavía justificar. Su mente discernía y contemplaba y penetraba cada vez con más agudeza y agilidad, como un atleta que recupera sus tiempos después de un largo retiro. Se preguntaba a veces, asombrado de esta lucidez que no parecía provenir de sí mismo, si habría una razón orgánica, si la mente liberada o, más bien, seccionada del cuerpo adquiría por algún sistema de compensaciones una última irradiación suprema. Por su colección de ateísmos le parecía más probable que fuera un efecto benéfico inesperado de las inyecciones de morfina que debía darle ahora Helga: ¿no era acaso la morfina un derivado del opio, la droga de la claridad intelectual? Por una vez, no le importaba en el fondo saber por qué sucedía, solo pedía que sucediera un tiempo más.

Le quedaba un último obstáculo por resolver: la objeción principal que planteaba Croce al sistema de Hegel —que el engendramiento por opuestos no daba cuenta de la simple diferencia, de «lo tercero» que quedaba por fuera de cada polaridad— hasta cierto punto podía alcanzar a su reformulación también. Ese tiempo por el que rogaba le fue concedido, pero en las condiciones abruptamente diferentes que impuso con un nuevo zarpazo la enfermedad: en una de esas mañanas tachadas con cruces el profesor se despertó sin voz. Ni él ni Lila habían previsto que esto podría ocurrir, no al menos tan pronto, pero de su garganta ahora salían solo estertores y gemidos roncos. El profesor quedó un día entero sumido en el estupor, al borde del abandono, reintentando cada tanto, cada vez con menos fuerza, arrancar algún sonido inteligible de su garganta arañada. Ya no podría dictar sus notas, llevar el registro de ese camino que estaba recorriendo por dentro, sacar a la luz el hilo de Ariadna. Habría querido dejar, como en el senderismo de montaña, al menos una marca de hasta dónde había pensado, para que otros pudieran proseguir, pero se preguntaba si alguien podría darle sentido a sus apuntes incompletos. Lila, al verlo tan decaído, le observó con su espíritu animoso que todavía era capaz, sin embargo, de escuchar y ver.

Y que podía bajar lo bastante la cabeza o moverla de izquierda a derecha para decir sí o no. Le preparó entonces un rotafolio de grandes hojas de cartulina. En esas hojas escribió con letra apretada y en orden alfabético todos los sustantivos y verbos que él había usado hasta ahora en sus notas. En otra hoja más pequeña que dispuso sobre el atril anotó las preposiciones, los conectivos, los pronombres y artículos. Y dejó también sobre la cama, por si él quería usar alguna otra palabra, un gran diccionario que encontró en su biblioteca. Se pusieron otra vez al trabajo. El avance era ahora lentísimo, angustioso. Terminar cada frase requería una cantidad exasperante de pasos, y debieron sumar más horas cada día. Aun así, algo progresaban. Pero sobre todo, en el ejercicio de mover de una manera u otra la cabeza, en la discriminación más básica de afirmar o negar, en la composición de rompecabezas de esos Sí-No elementales para armar cada frase, el profesor tuvo, al tercer día, la última iluminación necesaria. Le llegó en medio de ese balbuceo Morse, cuando Lila releyó, para que él cotejara, la primera parte de una frase particularmente larga. Hubiera podido decir que la idea *emergió* de esa práctica binaria, como si aflorara de una napa cercana que hubiera tenido todo el tiempo delante de sí, aunque venía ya, por supuesto, como toda idea nueva, a medias vestida con los ropajes del pasado: era en el fondo una variante de los diagramas del *Ars Magna*, de Ramon Llull, del refinamiento posterior de Leibniz en su combinatoria de conceptos y en su atomismo de las mónadas, y también, en parte, de la generación a partir de proposiciones atómicas de la semántica íntegra del cálculo proposicional. Todas las diferencias —esto fue lo que intuyó— podían generarse a partir de dicotomías de opuestos y, a la vez, cada diferencia daba lugar, al extremarse, a un nuevo par de dicotomías. Así, los opuestos tenían el papel de los átomos, solo que no estaban «dados» o prefijados, sino que germinaban en el mismo proceso de intelección a partir de las diferencias, de lo «tercero» que no lograba cubrir la progresión en cada estadio.

Se quedó contemplando aquella súbita visión, con asombro y temor, como si fuera un castillo de naipes que pudiera derrumbarse apenas diera el paso atrás de la razón para examinarlo en su inseguro equilibrio. Pero el castillo resistió, y al poner de nuevo en marcha la progresión, desde el primer par Ser y Nada, como en el *fiat* de Hegel, pudo ver cómo comparecían y desfilaban, en un reordenamiento milagroso, todas las categorías. Sus ojos, sin pestañear, se dieron vuelta hacia adentro, para seguir una proyección silenciosa, una película muda para un único espectador. Lila, que observaba ese desplazamiento mínimo de las pupilas, vio asomar dos lágrimas que le resbalaron por las mejillas, sin que los ojos se cerraran. Se inclinó hacia él para secarlas pero se detuvo antes de tocarlo. Las pupilas, se dio cuenta, estaban ahora detenidas, fijas en lo alto. El profesor había muerto.

Así, con esa frase abrupta y lacónica, terminaba la novela, y aunque Merton dio vuelta la página por si aparecía algún epílogo, solo encontró una última hoja en blanco. Se echó un poco hacia atrás en la silla, tratando de absorber las implicaciones de ese final, dejando que iluminara retrospectivamente en su memoria lo que había leído, tal como le había pedido A. No había epílogo, pero Merton recordó que sí había un epígrafe en la primera página, que él se había salteado al empezar la lectura: en su pequeño orgullo de crítico prefería pasar olímpicamente por alto los epígrafes de los autores, ese dedo de prestigio a préstamo para señalar supuestas afinidades y simbolismos. Volvió al principio para leerlo. Era una frase de Theodor Adorno: *En filosofía hay que seguir diciendo, en contra de Wittgenstein, lo que no puede ser dicho.* ¿Lo ayudaba esto en algo? No estaba seguro. En el final de la novela la teoría del profesor —la resolución de su propio acertijo— quedaba dentro de su cabeza, no alcanzaba a «ser dicha». ¿Debía leerse acaso la novela como la distancia insalvable entre la complejidad de lo creado mentalmente y lo poco que podía reconstruirse o transmitirse por escrito? ¿Como la sala propia de meninas de A, de la que solo podía atisbarse el laberinto roto de una búsqueda? ¿Como una variación de la frase de Chesterton sobre los tintes innumerables del alma humana, «más anónimos que los colores de una selva otoñal» y el pobre mecanismo restringido de gruñidos y chillidos que era el lenguaje? ¿O más bien ese final era como una referencia a la desesperación de A, a su propia enfermedad y su última vez, a la posibilidad de que lo que había querido decir, a lo que intentaba «seguir diciendo», nunca llegara a ser leído?

Merton se dio cuenta de pronto de que había oscurecido y que debía darle de comer a la perra. Salió al jardín y no la vio en la galería, ni echada contra la puerta. La buscó en el cobertizo donde se arrebujaba a dormir pero tampoco estaba ahí. La llamó una, dos veces, cada vez más alto, sin que acudiera. La encontró finalmente ovillada contra el portón de la entrada, con el hocico extendido por debajo del filo de hierro hacia la calle, como si esperara olfatear en la inmensidad del afuera el regreso de sus amos.

# Quince

Al día siguiente, cuando Merton despertó y se asomó a la ventana del estudio, nada había cambiado: la casa seguía cerrada y desierta y en el jardín inmóvil solo se escuchaba el susurro sibilante del viento en los árboles de la entrada. Se preparó un café, comió algo de lo que encontró en las alacenas y salió a buscar a Sascha, que había permanecido echada estoicamente en su misión de centinela contra el portón. La arrastró hasta el cobertizo para darle una vez más de comer y, de regreso en el estudio, puso en la mochila el manuscrito de A con la lista que le había dado Mavi. Después de un momento de duda agregó también la pila con todas las novelas de A que Morgana le había dejado en el escritorio. Cuando se subió la mochila sobre los hombros sintió el peso con su brusco tirón en los omóplatos y pensó que, de otra manera, volvía a cargarse a A en sus espaldas. De todos modos el monasterio estaba realmente cerca y llegó en solo unos minutos a la escalinata de piedra de la entrada.

En la casilla de ingreso el guarda lo miró con desconfianza apenas detectó su acento argentino.

La biblioteca, le dijo, estaba cerrada al público, no formaba parte de los espacios del convento que se podían recorrer, y él debía pedir en todo caso un turno y una autorización para que lo dejaran pasar. Merton, que prefería no mentir nunca del todo, le aseguró que era el propio A el que lo había enviado allá a estudiar los subrayados y anotaciones de sus libros, le explicó que debía regresar esa misma noche a Argentina —porque también podía exagerar como cualquiera cuando no se trataba de literatura— y acudió finalmente, como un disparo en la niebla, al nombre de Núria Monclús. Fue quizá la seguridad imperturbable con que invocó ese nombre, como si se refiriera a la mismísima reina Elisenda, patrona del lugar, lo que hizo dudar lo suficiente al guarda como para levantar el teléfono y hacer una consulta. Cuando bajó el teléfono le franqueó de mala gana la puerta, le señaló el camino a la oficina de la directora y le dijo que ella misma lo guiaría a la biblioteca.

Merton siguió el sendero de los jardines del monasterio, rodeó el sepulcro bifronte de la reina —de un lado enjoyada y con su corona, del otro como monja penitente— y, advertido por el guarda de que estaba equivocando el camino, retomó sobre sus pasos y cruzó hacia la galería majestuosa de arcos de medio punto donde estaban las oficinas. Antes de que encontrara la puerta vio salir a una religiosa que llevaba en la mano una gran llave antigua de hierro. Era una mujer bastante mayor, pero de movimientos ágiles y ojos rápidos y agudos detrás de unos lentes redondos. Lo miró con una sonrisa hospitalaria, como si quisiera hacerle olvidar el mal momento en la entrada.

—Pues si eres compatriota de A y te ha enviado Núria Monclús a estudiar sus libros, no se diga más, haremos una excepción, que después de todo nadie entra en esa biblioteca. Ven, ven conmigo, iremos a través del salón de la Abadesa.

Caminaron por uno de los costados de una sala que parecía abandonada, con muebles arrumbados contra una de las paredes. Los pasos de los dos levantaron un murmullo de ecos encadenados, como si desfilara una procesión. Al llegar al extremo subieron una escalerita de mármol con los escalones mordidos por el tiempo y desembocaron frente a una puerta que decía «No pasar» dentro de un círculo rojo. Pasaron de todos modos, hacia un pasillo largo y abovedado como un túnel y llegaron a otra puerta en el extremo donde se leía, en una inscripción de bronce, Biblioteca Florensa. A un costado, sobre una de las paredes, Merton vio un cartel escrito en castellano antiguo con imponentes letras mayúsculas todavía amenazantes:

HAI EXCOMUNION
contra qualesquiera personas que
QUITAREN, DISTRAXEREN o ENAGENAREN
algun libro de esta BIBLIOTHECA,
SIN QUE PUEDAN SER ABSUELTAS

La directora, que ya había puesto la llave en la cerradura, esperó a que él terminara de descifrarlo.

—El castigo ya no suena tan grave, ¿verdad?

Pero en una época solo el Papa podía levantar la pena. Y bien, aquí estamos —dijo, y abrió la puerta—. Te dejaré la llave y cuando termines pasas por mi oficina a devolverla. Los libros de A los hemos puesto todos en aquel sector de bibliotecas vidriadas.

Merton se encontró en una estancia bastante más pequeña de lo que hubiera imaginado, con un par de ventanas cavadas en los muros que daban a los jardines y una mesa circular con unas pocas sillas severas. Los libros de la biblioteca personal de A, que no parecían arreglados en ninguna clase de orden descifrable a primera vista, ocupaban buena parte de las paredes. Abrió la mochila sobre la mesa, sacó las novelas de A una por una, y al apilarlas reparó por primera vez en que eran nueve, si contaba también el manuscrito que acababa de leer. Tuvo entonces una intuición brusca y sacó la lista de títulos para contar con cuidado las páginas: eran, también, exactamente nueve. De manera que se trataba de esto, pensó, sencillamente esto, lo que A había intentado decirle, la pista que había querido darle antes de que llegara la ambulancia: los títulos de cada página correspondían a los libros que A había consultado, o tenido en cuenta de algún modo, al escribir cada una de sus novelas. Merton sintió por primera vez que había pasado de tibio, tibio, a caliente y que quizá tenía la respuesta al enigma de A literalmente al alcance de la mano. Solo le faltaba entender la relación entre cada novela y esos títulos que había anotado A. ¿Se trataría acaso de citas ocultas? ¿De una afinidad de temas? ¿De una genealogía personal? Que en la última hoja de la lista figurasen únicamente los títulos de todas sus novelas previas parecía decir ahora que la operación que A había llevado a cabo cada vez con esas obras tan diversas, cualquiera fuera, la había intentado para su novela final con la serie de sus libros anteriores. Tal vez por esto había decidido deshacerse de su biblioteca: para su «última vez» solo se había quedado con los libros propios. Pero ¿cuál era en todo caso esa operación? Decidió ensayar con la novela que había leído en el avión. De acuerdo a las fechas de publicación, era la cuarta que había escrito A. Fue hasta la cuarta página de la lista y buscó uno a uno en la biblioteca los títulos que figuraban, que eran —como toda la lista— de libros muy dispares e imprevisibles, desde clásicos más o menos universales hasta títulos solo reconocibles en la tradición argentina, y otras obras de autores para él casi desconocidos. Le llevó un buen tiempo encontrarlos en el orden del azar de los estantes y cuando los tuvo reunidos a todos sobre la mesa, en su conjunto variopinto, se puso a leerlos saltando aquí y allá, de uno a otro, abriéndolos a veces por el principio, otras por la mitad, en busca de anotaciones personales de A o de páginas marcadas, sin saber muy bien en qué debía fijarse. Solo cuando aquietó ese primer ímpetu frenético y se dejó llevar mar adentro por la lectura, solo cuando avanzó hasta más allá de la mitad del primero que había separado, encontró, o creyó encontrar, el primer indicio, la prefiguración certera, en un pasaje que despertó un eco en su oído literario y le hizo evocar de inmediato uno de los «paisajes» de la novela de A. La tenía lo bastante presente en la memoria para percibir casi como un armónico la afinidad, y cuando fue a buscar de todas maneras la escena estricta tuvo que reconocer que a la vez había acertado y se había equivocado: lo que había escrito A, que a primera vista parecía, en efecto, casi una trasposición —en atmósfera, en relaciones, en tensión dramática—, contradecía sin embargo sutilmente el sentido del pasaje original, como si A hubiera querido ensayar o iluminar otro modo de ver lo mismo pero con el punto de vista contrario. Ahora sí creyó Merton entender por fin la operación de A, y también las desesperadas luces rojas de neón en su última novela alrededor de Hegel y los opuestos. Ahora sí entendía también esa curiosa sensación de familiaridad en algunos pasajes, y el susurro que le parecía sorprender a veces de otro idioma por debajo. La revelación le fue dada toda a la vez, enteramente, tal como le había anticipado A, pero Merton la vio conformada dentro de sí, en su entrenamiento escéptico, a la manera todavía algo frágil y temerosa de una conjetura que debe salir a confrontar con más ejemplos. Se lanzó entonces al segundo de los libros que figuraba en la lista y simplemente leyó, leyó desde el principio por algo más de una hora, del modo más inocente y desprevenido posible, hasta que otra vez le pareció reconocer, en la deliberación de un personaje a punto de cometer un crimen, un monólogo que ya creía haber escuchado con argumentos muy parecidos en la novela de A. Fue a través de las páginas, casi en vilo, a buscar la escena correspondiente y cuando releyó las líneas de A, de nuevo descubrió que «lo mismo» —la misma lucha interior de escrúpulos y justificaciones— se había transformado, por un delicado juego de énfasis y atenuación, en todo lo contrario: el personaje de A se decidía a matar por las razones exactas que hacían desistir a último momento al personaje original.

Merton se echó hacia atrás en la silla, en el estremecimiento de la confirmación. Sentía que no necesitaba abrir ningún otro libro, que la euforia silenciosa de su propia *Eureka* lo invadía como una corriente íntima de exaltación y hormigueaba dentro de sí para ponerlo de pie, que solo quería volver, urgentemente, para decirle a A que había dado con la respuesta. Pero volver, ¿adónde? Aunque había pasado cuatro horas en esa biblioteca y eran ya casi las dos de la tarde, no podía saber si A habría regresado del hospital. Lo recorrió como un escalofrío la posibilidad de que fuera demasiado tarde, de no llegar a tiempo, pero trató de sacudirse esas ideas fúnebres. Se dijo que volvería en principio a la casa y si él no había vuelto todavía, averiguaría de algún modo dónde lo habían llevado e iría si fuera necesario hasta el hospital para decírselo.

Devolvió los libros a su lugar, cerró con la gran llave herrumbrada, se despidió lo más rápido que pudo de la directora y bajó la cuesta lateral del monasterio llevado casi en andas por la pendiente. En el camino de regreso y mientras remontaba otra vez en la bifurcación montaña arriba no pudo evitar que su mente, todavía ensimismada en lo que había descubierto, siguiera haciendo más preguntas. Creía saber ahora cuál era el método, cuál era la clave a la que se había referido A. Pero ¿por qué habría elegido esos libros, esos pasajes, y no otros?

¿Cuál era en todo caso la intención general? ¿Negar la literatura —o una parte de la literatura— en el mismo movimiento de la evocación? Le pareció entrever por un momento un plan colosal, con ese algo de absurdo megalómano de los programas literarios: reescribir pacientemente la literatura «desde adentro», en un trabajo silencioso de excavación, como un Pierre Menard con espíritu de contradicción que fuera recreando en sus novelas uno por uno los tópicos literarios, solo para darlos vuelta. *La inversión de todos los valores*. Si fuera así, pensó Merton, eso explicaría también el éxito y el fracaso que A tenía en cada novela: los lectores caminaban demasiado cómodos —y demasiado rápido— en los zapatos viejos de la tradición, sin reparar siquiera en la piedra sutil escondida en cada pie. Sí, A era a la vez, tal como se lo había expuesto a él, la llanísima señora Highmore y el inaccesible Limbert, y —como en la imagen bifronte del sepulcro— era difícil, si no imposible, ver la cara opuesta desde cada lado. En cuanto a los críticos, de los que A se quejaba tan amargamente, Merton se inclinaba también por disculparlos: ¿quién podría adivinar, o reconocer por detrás de cada una de sus novelas, esa mezcolanza de títulos que le había sido dada a él por la lista, guardada en un convento de clausura, sobre los que A reescribía como si fuera papel ya impreso de un lado que ponía «del revés» para teclear su propia obra?

Al llegar a la casa, apenas abrió el portón de entrada, vio estacionado el auto de Morgana. Sascha salió a recibirlo con un trote de alegría y lo acompañó hasta el estudio dando saltitos de un lado y del otro en busca de más caricias. La puerta estaba entreabierta y encontró a Morgana adentro; ella se dio vuelta con un sobresalto al oírlo entrar y le pareció a Merton que había estado quizá revisando todo, o en busca de algo, porque cruzó por su cara una expresión avergonzada antes de que se recompusiera para saludarlo. Él, que podía distinguir desde donde estaba, caído en el suelo junto al sillón, el libro del Kamasutra con la nota de Mavi asomada como un señalador, tuvo también un momento de zozobra y se preguntó si Morgana habría llegado a verlo.

—Perdón —le dijo ella, todavía incómoda—, aproveché que no estabas para ver si habías dejado ropa para lavar y quería estar segura de que no te faltara nada en la despensa. Como ayer tuvimos que irnos tan deprisa... Me preguntaba cómo te las habrías arreglado con la cena.

Él le siguió el juego y contestó que podría cenar durante el resto del mes con todo lo que había encontrado. Quedaron en silencio y cuando Merton reencontró su mirada le preguntó cómo estaba A. La buena noticia, le dijo ella, es que les habían permitido traerlo de regreso. La mala...: debería tener un tanque de oxígeno siempre conectado a partir de ahora, y apenas se le comprendía ya cuando hablaba. Habían tenido que dormirlo en el hospital para una traqueotomía y cuando despertó de la anestesia tuvo algo así como un delirio: quería arrancarse las cánulas, la miraba con desesperación y ella había logrado entender, entre lo que intentaba articular, que debía traerlo como fuera de vuelta a casa. Pero había dicho también algo de un monasterio. Ella suponía que se refería al monasterio de Pedralbes.

—Sí —dijo Merton—, ayer, antes de que lo llevaran, quiso darme una pista: por eso fui hoy hasta allá.

—Ah —dijo ella—: eso lo explica, porque también mencionó tu nombre. Y bien, ¿encontraste lo que fuiste a buscar?

Había en su tono un curioso desapego, como si le preguntara por cortesía el resultado de un partido decisivo en un deporte que no le interesaba. Merton solo le dijo que creía que sí, pero que esperaba poder conversar con A para confirmarlo. ¿Le parecía a ella que él estaría lo bastante repuesto para que pudiera verlo esa misma tarde?

—Le dieron un sedante después del almuerzo y supongo que dormirá todavía algunas horas más. Pero puedo dejarle dicho a Donka que si se despierta lúcido le haga saber que quieres hablarle. Seguro querrá escucharte. Y ahora, si tienes un minuto, hay algo que yo quisiera preguntarte.

Morgana hizo un silencio y alzó el mentón en una señal muda para que fueran hacia la habitación.

—Perdona —le dijo—, pero es que desde el cuarto de Mavi se ve la ventana del estudio y no quiero que nos sorprenda conversando.

Mientras decía esto cruzó rodeando la cama y entornó los postigos, como si temiera también que alguien pudiera espiarlos desde el bosquecito. Después se sentó en el borde de la cama y dio un par de palmadas sobre el cobertor para que él se sentara a su lado. Quedaron muy próximos uno al otro y Merton sintió otra vez la cercanía abrumadora del cuerpo de ella, su perfume, el recorte nítido de su blusa blanca que parecía fulgurar y latir con su respiración, el soplo de su aliento que inflamaba sus pechos en la semioscuridad del cuarto. Morgana giró hacia él la cabeza y le tomó una mano entre las suyas como si quisiera confiarle algo muy íntimo y delicado.

—Pues tiene que ver con Mavi, ¿sabes? Me he quedado preocupada porque hoy, cuando volvimos del hospital, la sorprendí cuando estaba a punto de cruzar hacia aquí, aunque sabíamos que no estabas. Cuando le pregunté me dijo que quería esperarte leyendo un libro. Le dije que no me parecía bien, ya sabes, que entrara sin tu permiso, y entonces se rio, como si se burlara de mí, y me dijo que tú estarías muy contento de verla. Solo dijo eso, pero de una manera desafiante, y me ha dejado pensando porque iba vestida de un modo que no es para nada el suyo y, algo más raro todavía en ella: no llevaba sostén.

Morgana lo miró con algo de perplejidad, pero sin sospechas, como si solo quisiera compartir con él su preocupación. Merton trató de que no se moviera ningún músculo de su cara y no dijo nada, a la espera de que ella continuara.

—Por supuesto, no le permití que viniera. Ya sé que tú no querrías aprovecharte de ella, pero a veces los hombres no pensáis del todo con la cabeza y Mavi ha sido siempre una niña muy decidida: lo intentará todo, más aún cuando se entere de que te irás ya muy pronto. —Mientras le hablaba, y como si no se diera cuenta, ella le hacía una caricia casi automática desde el dorso de la mano hacia los dedos. Estaba ahora un poco más inclinada hacia él, como si hubiera llegado a la parte más difícil y le costara continuar. Su mirada tenía algo de hipnótico y había acercado la mano que tenía enlazada muy cerca del pecho—. Dirás que soy una tonta, pero cuando la he visto hoy así, he llegado a preguntarme si quizá yo, por ser su madre, no debería hacer algo más para impedirlo. Si no podríamos tener tú y yo un pequeño... pacto, por decirlo de alguna manera. —Y Morgana hizo una brevísima pausa, como si esperara el asentimiento de él o, quizá, que adivinara el resto.

—Claro que sí —dijo Merton con cautela, sin creer todavía del todo la manera inesperada en que Morgana se daba a sí misma la excusa del sacrificio, como si debiera invocar una razón superior distinta de la única, y pensó que el «tercer término», encarnado en Mavi, estaba por obrar a su favor el milagro dialéctico.

—¿Sabes?, hace dos años, cuando te vi en la fiesta, pensé por un momento que había llegado a gustarte, pero desde que Mavi dijo esas cosas tan espantosas en la cena no puedo dejar de pensar que quizá ahora me veas así, como ella: vieja, horrible y desesperada. —Había acercado todavía más contra sí la mano de él que tenía apresada, hasta hacerle tocar con el dorso, por sobre la tela sedosa de la blusa, el relieve abrupto de uno de sus pezones; Merton, aún sin dejar de mirarla, sintió un estremecimiento involuntario que le estrangulaba la respiración y recorría en una ola de calor su cuerpo—. Dime la verdad, querido, pero solo la verdad: ¿te parezco acaso tan desagradable? —Y Morgana adelantó la cara hacia él a la distancia indetenible de un beso.

# Dieciséis

Después, cuando Morgana volvía lentamente a vestirse y regresaban, todavía sorprendidos y laxos, a la geometría estricta del mundo, escucharon con sobresalto dos golpes impacientes en la puerta. Morgana le hizo una indicación sigilosa con el mentón para que se asomara y Merton se echó encima una camiseta y saltó de la cama para ponerse los pantalones. Fue descalzo hasta la puerta y se encontró al abrir con la cara impenetrable de Donka. Se dio cuenta, bajo su mirada algo sardónica, de que no había conseguido abrocharse del todo el cinturón y de que ella registraba también sus ojos entornados y sus pies desnudos.

—Perdón: no sabía que estabas durmiendo —dijo—. Él acaba de despertarse y preguntó por ti. Le dije que te había visto entrar en la casa y me envió a buscarte.

Merton le pidió un segundo para calzarse y volvió al cuarto. Morgana, que estaba ya enteramente vestida junto a la cama, le hizo un gesto para que se despreocupara de ella y se apurara a salir.

Cuando Merton rodeó la pileta detrás de la enfermera para seguirla dentro de la casa tuvo un *déjà vu* de la tarde anterior. Y sin embargo, pensó, cuánto se había desatado entre una tarde y otra, como si el tiempo arremolinara los acontecimientos y lo llevara en vilo hacia el último círculo fatal de la vorágine. Merton solo pedía, en esa espiral que lo arrastraba, no encontrarse otra vez frente a frente con Mavi en el recorrido zigzagueante de pasillos, y ese deseo le fue concedido.

Delante de la puerta entornada, Donka le advirtió en voz baja que era difícil entender lo que A trataba de decir y que quizá desvariara un poco. Después le hizo una seña para que avanzara. Había en la habitación un fuerte olor a desinfectante. Merton se acercó a la cama y escuchó la respiración entrecortada y sonora de A, que parecía languidecer y resurgir en arrebatos. Vio una cánula transparente que le perforaba un costado del cuello y otra más delgada que salía de las fosas nasales hacia una mochila de oxígeno sobre la mesa de luz. La cara de A estaba vuelta hacia la ventana y Merton rodeó la cama para que él pudiera verlo. Bajo la luz indudable de la tarde aparecían crueles y nítidas las manchas pardas de la vejez que le cubrían la frente y el filo de los pómulos sobre las mejillas vaciadas. A tenía los ojos abiertos, abiertos de una manera fija y desmesurada, como si estuvieran detenidos en una contemplación horrorosa. Cuando reparó en él apenas se movieron; a Merton le pareció que demoraba en reconocerlo, o que lo distinguía apenas desde una distancia remota.

—Usted... —articuló con una especie de estertor sin voz, rasguñado en la garganta—. Le dije que volvería a preguntarle. Y aquí estoy. ¿Lo vio? ¿O no lo vio?

Merton se preguntó si no debía simplemente decir que sí y no agregar nada más. Pero se daba cuenta de que algo cambiaba en la expresión de A al verlo asentir, de que su cara se despegaba con dificultad patética de la almohada y avanzaba hacia él en un transporte de ansiedad, como si hubiera guardado una última reserva de lucidez para escucharlo. Temió, mientras empezaba a hablar, sobre todo haberse equivocado. Pero A asintió cuando él le mencionó la lista y la manera en que había cotejado los libros en el monasterio, y asintió otra vez cuando él mencionó los pasajes «negados». Merton arriesgó entonces la imagen de la novela escrita a trasluz de la tradición, y puesta del revés sobre papel ya impreso. A lo detuvo con el movimiento apenas insinuado de alzar una mano, como si necesitara traducir a su propio idioma íntimo una metáfora dudosa, y luego le hizo una seña para que se inclinara, más cerca de su boca.

—Todo eso es verdad —le dijo con una lentitud desesperante—. Es el procedimiento. Solo que... —Pareció dudar, como si buscara la manera más clara de explicar una diferencia sutil pero crucial, y en ese momento escucharon, vibrante, incongruente, el sonido de un timbre, apretado con impaciencia más de una vez. A quedó detenido, desconcertado, y a Merton le pareció que un temor irracional asomaba en su cara, como si temiera una interrupción fatal. Parecía intentar escuchar a lo lejos y le hizo un gesto a Merton para que se asomara a la ventana. El portón, al descorrerse, dejó ver en la entrada la figura de Núria Monclús, que aun con su pesadez se precipitó hacia la puerta con una velocidad consecutiva de pasitos que Merton nunca hubiera imaginado.

—Es Núria Monclús —le dijo Merton con sorpresa, y después ya no pudo decir nada porque la voz perentoria de la agente empezó a oírse cada vez más cercana por el pasillo.

—¿Dónde está mi autor? —gritaba y reía a la vez—. Pero mujer, Morgana, dónde me lo escondes. ¡El autor! ¡El autor!

La puerta se abrió; Núria Monclús irrumpió con los brazos abiertos y fue derechamente hacia la cama, riendo, desbordada de alegría. A giró con dificultad la cabeza y ella le rodeó la cara con las manos.

—Levántate ya, cariño, ¡que te han dado el Nobel!

Merton pudo ver en los ojos de A el asombro, y cómo miraba en un reflejo de incredulidad hacia Morgana, que había llegado a su lado a besarlo, como si temiera que fuera una escena falsa, montada entre las dos para reanimarlo, o una alucinación engañosamente vívida.

—Es una broma, ¿no es cierto? —logró murmurar.

Núria Monclús volvió a reír, encantada, eufórica.

—Ninguna broma. Te han dado el Nobel, ¿entiendes? Los periodistas están al llegar. Así que tú te vestirás ahora y te haremos sentar de alguna manera para la rueda de prensa. Morgana, tráele alguna ropa presentable. Y tú —se volvió hacia Donka—

ayúdame a sacarlo de la cama. Hala, hombre, que aunque no lo creas, te levantarás y andarás.

Merton vio que la mirada de A quedaba ausente, errática, como si estuviera desamparado en la inminencia de un desastre, hasta que reencontró la suya y le hizo una seña para que acercara el oído.

—¿Se da cuenta? —le dijo, y pronunció, en un susurro aterrado—: ¡Está todo perdido!

# Epílogo

—«Está todo perdido»... ¿Por qué diría eso? —pregunté.

Merton, que estaba sin duda ya cansado, y quizá arrepentido de haber hablado tanto, pareció hacer a disgusto un último esfuerzo por educación. Solo ahora que la luz de la tarde había declinado y que se había quitado por un momento los lentes para refregarse los ojos, veía en su cara las marcas de su verdadera edad. Estábamos en su estudio, un lugar pequeño y modesto, cubierto de libros y papeles, donde me había costado encontrar un espacio libre para apoyar el grabador.

—No estoy seguro, pero quizá él se daba cuenta de lo que vendría fatalmente a continuación, de esto que sucedió con su obra desde ese momento: la avalancha de estudios críticos, la montaña de *papers* disputando unos con otros cuál es el verdadero A, las teorías contrapuestas que tratan cada una de arrastrarlo hacia su lado, la multiplicación irrefrenable del malentendido. *¿Dónde esconder un grano de arena? En la playa. ¿Dónde esconder la hojita de un árbol? En un bosque.* Aun si yo hubiera acertado del todo, aun si hubiera escrito finalmente el artículo, él sabía que quedaría sepultado de inmediato en las miles de explicaciones erradas que empezarían a sucederse al día siguiente, apenas se anunciara el premio.

—Tal vez no todas erradas —protesté—. ¿No viven acaso las obras de las diferentes interpretaciones, no son esas disputas, precisamente, lo que les da nueva vida y las prolongan en el tiempo?

—Por supuesto, y gracias por recordármelo —dijo Merton con cierta ironía—: en ese sentido, no necesito decírselo, ya hubo interpretaciones para varias vidas. Pero lo que él quería que se leyera... no se leyó todavía —afirmó con una seguridad serena—. Pensé que él mismo llegaría quizá a escribirlo, para el discurso de entrega. Pero ni Núria Monclús pudo resucitarlo del todo. Esa conferencia de prensa fue... demasiado. Creo que es el primer caso de un escritor al que le dan el Nobel y muere antes de ponerse el frac. Y recordará que cuando Morgana subió a recibirlo en su nombre se lamentó, justamente, de que no hubiera dejado ni una línea.

—¿Recibió usted invitación para la ceremonia?

Merton hizo una mueca de negación.

—Claro que no. Lo que yo pudiera decir ya no era necesario para nadie. Me olvidaron como a un paraguas cuando sale un sol radiante. Núria Monclús me dejó muy claro, antes de que llegaran los periodistas, que no hablaría de esta última novela y me hizo jurar que no diría una palabra, creo que ya estaba decidida a que nunca se publicara. Ese mismo día arregló las cosas para que me volviera de inmediato. Eso sí, me dijo que podía cobrar los dos cheques de todos modos, «hubiera visto lo que hubiera visto».

Había hecho un gesto involuntario hacia la pared de un pasillo y cuando giré la cabeza vi dos cuadritos colgados.

Me reí.

—¿No los cobró entonces?

—Es que el artículo nunca lo escribí y tampoco estaba tan seguro, en ese momento, de haber llegado hasta el final, ya sabe, exactamente con lo que él pensaba. Me atormentaba ese «solo que» de la última conversación que había dejado suspendido. Sí, él había asentido mientras hablaba, como si yo casi lo hubiera logrado, como si casi estuviera ahí... «solo que». Ese «solo que» era realmente enloquecedor. Y no pude volver a hablar con él, ni siquiera verlo, antes de irme. Después, ya de regreso en Buenos Aires, me dediqué a leer toda su obra, desde el principio. En realidad, releí sus libros varias veces en estos años.

—¿Y pudo entender o no a qué se refería él?

—Sí —dijo con un orgullo tranquilo—. Llegué a entenderlo, sin duda. Y todo tiene sentido, libro por libro, tal como él decía.

—Entonces ahora sí podría escribir el artículo —dije.

—Podría, sí —dijo Merton—, pero ¿para qué? *¿Por qué agregar a la infinita serie un símbolo más?* En estos años me divierte más leer todo lo que aparece escrito sobre él, en cada aniversario. Comprobar la casi increíble variedad de formas en que todos se equivocan. El error, como la vejez, es muy imaginativo.

Apagué el grabador y me puse de pie. Se había hecho muy tarde y yo en todo caso sí tenía el artículo que había ido a buscar: la confirmación de que había existido después de todo una última novela de A que no se había querido publicar, quizá destruida para siempre o guardada celosamente en una caja fuerte por muchos años más, mientras todavía viviera Morgana.

Merton se levantó detrás de mí. Tenía ya algo de la lentitud de la edad y el cuerpo un poco encorvado, pero se lo veía delgado y entero: me pregunté si todavía jugaría al tenis. En el camino hacia la puerta no pude evitar detenerme un momento para mirar los dos cheques enmarcados, con la firma enfática de Núria Monclús.

—¿Cuánto dinero sería ahora? —dije con admiración.

Movió la cabeza, como si no importara.

—No se preocupe —dijo—: tuve recompensas más altas.

# Agradecimientos

A Maribel Luque y Javier Martín, por las historias recordadas de Núria Monclús; a Carles Masdeu, por su ayuda en los itinerarios de Barcelona; a mi editor, Emili Rosales, por guiarme en Pedralbes en la búsqueda de la casa de A; a Rodrigo Fresán, por señalarme la novela *El jardín de al lado*, de José Donoso; a Lilian Neuman, por la reconstrucción a distancia con fotos y videos del monasterio de Pedralbes; a Rosa Montero, por su revisión generosa del registro coloquial español; a Jorge Manzanilla, a Pablo de Santis y Carlos Chernov, por leer y comentar la primera versión del manuscrito; a mi hija Julia Martínez Alonso por la lectura en voz alta; y a Brenda, otra vez —y espero que no por última vez—, por la lectura paciente de los sucesivos borradores.